内 容 提 要

作为19世纪英国散文的当代传人，普里斯特利的作品具有英国散文所特有的风格：典雅，幽默，于温和的笔调中，含犀利、睿智的嘲讽意味。

本书为普里斯特利散文的第一部中文译本，原作分别选自《呐喊与旁白》、《英国纪行》、《趣事》、《文学和西方人》等作者的几部代表作。全书题材广阔，文笔隽永，渗透着高层次的文化意识和艺术情趣。

外国名家散文丛书

普里斯特利散文选

(英) J.B.普里斯特利 著

林荇 译

主　编 郑法清 谢大光

百花文艺出版社
BAIHUA LITERATURE AND
ART PUBLISHING HOUSE

图书在版编目（C I P）数据

普里斯特利散文选/（英）普里斯特利（Priestley,J.B.）著；林荇译.—3 版.—天津：百花文艺出版社，2009.6

（外国名家散文丛书）

ISBN 978—7—5306—5439—2

Ⅰ.普… Ⅱ.①普…②林… Ⅲ.散文—作品集—英国—近代 Ⅳ.Ⅰ561.64

中国版本图书馆 CIP 数据核字(2009)第 092018 号

百花文艺出版社出版发行

地址:天津市和平区西康路 35 号

邮编:300051

E-mail:bhpubl@public.tpt.tj.cn

http://www.bhpubl.com.cn

发行部电话：（022）2333265 邮购部电话：（022）27695043

全国新华书店经销

北京楠萍印刷有限公司印制

*

开本:850×1168 毫米 1/32 印张 7.625 插页 2 字数 158 千字

2012 年3月第 3版 2012 年3月第1 次印刷

印数： 1-5000 册 定价： 17.00元

乡间 …………………………………………………… (1)
一条独自享用的路 ………………………………… (7)
论无所事事 ……………………………………… (12)
刚过完圣诞节 …………………………………… (18)
已成陈迹的宿舍 ………………………………… (24)
海行归来 ………………………………………… (30)
交际性聚会 ……………………………………… (36)
六钓徒旅舍 ……………………………………… (42)
卖掉钢琴以后 …………………………………… (48)
衬裙巷 …………………………………………… (54)
大众化价格 ……………………………………… (60)
人满为患 ………………………………………… (66)
住房问题 ………………………………………… (71)
花展 ……………………………………………… (76)
在荒原上 ………………………………………… (82)
这么多的小说 …………………………………… (87)

为蹩脚的弹钢琴者一辩 ……………………………… (92)
波兰插曲 ……………………………………………… (97)
公宴 …………………………………………………… (103)
在裁缝店里 …………………………………………… (108)
为乏味的客人辩护 …………………………………… (114)
雨中的丁香 …………………………………………… (119)
女人不治理美国 ……………………………………… (126)
乐趣 …………………………………………………… (134)
　小专家 ……………………………………………… (134)
　十九世纪最好 ……………………………………… (135)
　时髦 ………………………………………………… (136)
　没有英雄崇拜 ……………………………………… (138)
　幽默 ………………………………………………… (138)
　女人 ………………………………………………… (139)
　跟妻子商量 ………………………………………… (139)
　劳埃德·奥斯本 …………………………………… (140)
　早恋 ………………………………………………… (142)
　年龄 ………………………………………………… (143)
　女人与批评 ………………………………………… (144)
一个爱发牢骚的人的辩白 …………………………… (146)
呐喊与旁白 …………………………………………… (150)
　三 …………………………………………………… (150)
　七 …………………………………………………… (152)
　九 …………………………………………………… (154)
　十九 ………………………………………………… (155)
　二十 ………………………………………………… (156)
　六十三 ……………………………………………… (157)

一一二 …………………………………………（157）
英国纪行 ………………………………………（159）
考茨沃尔德 ……………………………………（159）
博恩维尔 ………………………………………（169）
诺丁罕的鹅市 …………………………………（175）
陶城 ……………………………………………（181）
赫尔 ……………………………………………（185）
从林肯到博斯顿 ………………………………（192）
A·E·霍斯曼君的诗 ……………………………（197）
论马基雅维里 …………………………………（223）
论莫泊桑 ………………………………………（228）
论罗曼·罗兰 …………………………………（230）

译后记 …………………………………………（232）

乡 间

有人告诉我这片乡村地区以它的樱桃树著称，可以断言我从没有看到过有比这儿的花更多的地方，因为有好几里光景它一路怒放如潮，最轻的风都会摇落纷纷的花瓣，以致整个道路由于它们阵阵芳香的落英宛如铺上一层白雪。只要花几个微不足道的先令（比你为一本永远也写不出来，更不用说出版的书，写几句废话所收到的报酬还少①），你就可以很快从伦敦市中心到达这里，徜徉在使人眼花缭乱的果园之中，嘉树成阴的群山之间和洁白干净的道路之上。在一天的开始我还被老长老长的砖头与灰浆包围，我还悄悄走过不知经过几手的旧家具店，令人不快的现金商店②，以及花里胡哨的俗气的小客栈，我曾索居了几个月的那部分市区就是以它们为标志的；我还在汗流浃背，满身污垢，心情烦躁，十分明白我与周围的环境对春天的阳光是一种侮辱；然后在付出几个先令之后，离夕阳西下还早，一切都改变了，我来到这里！身处在群山和清凉甜润的空气中，我只要抬头就看见一棵樱桃树的满载繁花的枝柯在蓝天下

① 这里指出版社为出版计划征求作家的意见，作家对某些选题做出答复，通常需给他们稿费报酬。

② 指只能以现金购物，不能赊账的商店。

招展，也许我就成了一个日本童话故事里的人物。尽管我确实是个城里人，可也是个彻头彻尾的北方人，最熟悉到处有放牧的羊群，杓鹬的啼声和没有尽头的黑色石墙的乡村，我禁不住想我是置身在什么童话故事里，因为这南方乡间的景色对我来说是一个突如其来的奇迹。“树中最可爱的是樱桃”① 我开始吟了一遍又一遍，发现那小诗中最可爱的一首使我想表达的内心惊叹得到了抒吐。

在这一切当中你也许能发现一个城市人的可疑的热忱。不过我希望不是短程旅人（这个倒霉的词）的那种热忱，即使你发现有，那也搞错了，因为我希望待在这里直到花事已了，玫瑰开了又谢，晚夏的黄月在夜空升起又下落，直到整个舞台在倒数第二幕布置成暗金色，十月随着闷声闷气的号角而上场②。那时就证明我不是什么短程旅人而肯定是个城市人了，对乡村看得目瞪口呆，如同乡下佬张着嘴看城市。我和我的朋友吉尔斯易地度假，我们把对方的家和出生地以完全同样的方式对待，直白地说吧，似如一场表演，有点像招待我们的节目，而不像事实上的人类可生活奋斗的一个地方。这一片烂漫的花海，他大概觉得不过是丰收的前兆，而我看后为之心醉神迷，不禁想这场交易我算占了便宜；虽然，倘若我经济拮据，我大概会承认始终靠近泥土过日子，到城里去仅仅为散心的吉尔斯，他的处境比我的更为稳当。我在这里要说内心话，就我而言，我总感觉在城里我相当机敏，同时又相当可悲，在乡

---

① 英诗人A·E·霍斯曼的诗。

② 作者也是戏剧家，他用戏剧术语作比喻，这里是说他要在乡间住到秋天。

间我明显笨拙，但也明显快乐。我的意思不是说我在城市里事实上颇为机敏，只不过感觉罢了；我自信跟人相比我还是有知识的，在大多数情况下我都可以对付，我的意见是有价值的，我说的话值得任何公民同胞花点时间听听。我之所以可悲是由于种种原因，一个并非无足轻重的原因是我发现在城里一气待了几个月的环境是一个失去了天然情趣的地方。假使一个人根本不是泰蒙[①]（我讨厌这个角色），可是又觉得眼底下一棵苍翠的树木远胜一千名同胞，那么就到了搬家的时候了：数不清的嘉树清阴形成一幅淡远的背景，在这种背景上有不多几个人物（但非常受欢迎），这整个情境又产生一种健康的心态。那些在海德公园[②]看到一只欧椋鸟，以此为题而写出来的随笔是一种不正常心理的标志，比方说，要是罗伯特·林德君[③]不再写赛马呀，板球赛呀，或是其他种种人的集会，那他很快就会变成一个变态作家。

我之所以在乡下感到呆傻仅仅因为我在那里无法思考。这不假，我在乡间不能思考，要是空气使人精神爽朗，所有的窗户都打开的话。道理挺简单，因为清新的空气是思想的对头。在清新洁净的空气中有某种令人振奋的性质促使食欲大开，睡眠酣畅，眼睛明，神气爽，那肯定使思想停止活动。思想大概是一种病，是长期禁闭在不良的大气内生活而产生的；那多半是对这种违反自然条件的制度的

---

① 泰蒙为莎士比亚的戏剧《雅典的泰蒙》中的主角，一个愤世嫉俗的富翁。

② 伦敦著名的公园。

③ 罗伯特·林德（1892—1970），英国随笔作家，作者的同时代人，作者这里跟他开玩笑。

抗议。在有丰富的新鲜空气的乡村地区，人人生活在露天里，没人去冥思苦想。我们的农村产生过几位思想家，这不假，但他们通常是住在不卫生的小屋里，否则他们至少也注意坐在紧闭的门窗后。创建牛津和剑桥的聪明的教士在选择两个最不怎样的校址时，知道他们这么干的目的何在；他们知道清新的空气使艰苦的思维终止，虽则他们当然没料想到在数百年过程中，这两校引进了一套精心制订的体育比赛规则，这锻炼了心肺而让脑子睡大觉。在大城市中，人们可以几乎在任何地方思考，但在乡间或在海滨，除非采取特殊措施排除外面的空气，思考是不可能的。但这不是我在乡下感到呆傻的理由，因为思考或缺乏思考跟我感到呆傻没多大关系。事实是在乡间我在一群非常有学问教养的人中间成了一个愚昧无知的俗子。有三种教育值得接受；乡下人的，手工艺匠的和哲学家的；所有我在这里遇到的人，自然受的都是第一种教育；他们都是在农村那所规模宏大的大学里毕业，取得了诸如此类课程的优等成绩；如畜牧，气象，庄稼生长情况，以及耕作，犁地，播种，收割，打场的方法等等，我不知道还有些别的什么了。跟他们的百科知识相比，我拿出来的只是一张白纸；和他们在一起我只不过是个外来的神气俨然的儿童；那皮肤棕褐，手起老茧（好像他们是用木头和泥巴做出来的）的老农，我有时在乡村小店里遇见他们，跟我就某个问题一般地谈了几句之后不得不住口，因为我明显一窍不通。在乡间也有一帮人不比我所知的多多少，但他们要么是热心的狩猎家，要么是博物学家，跟他们在一起我也完全是外行，既不会打枪，又不会分类。我暂时成了成人当中的幼儿，我感到呆傻就一点也不奇怪了。

然而我又是个快乐的幼儿。“我的身体这个傻瓜”塞饱了最新鲜的鸡蛋、厚厚的奶油和水果，再通过深沉的睡眠，在体质上得到这样的增强之后，我可以到处溜达，张嘴结舌，“尽情地站着瞪眼而看”（如诗人戴维斯君[①]愿意要我们全都照办的那样）。我带着我的烟斗外出，消磨整个半小时（或差不离）观看果园里的飞鸟（它们构成一副多美的画图!）或大路上的三只小黑猪。我不是说我将永远满足于什么也不干，只当一个好奇的旁观者，因为我非常明白，甚至现在，假如我敢于做点什么事情，也可以说，参加战斗的话，我会更加快乐。我缺乏的是必要的勇气。比方说，参加将在这儿的教区牧师住宅场地上举行的服装狂欢节，更确切地说，就在几天之后举行，将有化装游行，赛跑，侦察表演，投环套物游戏，掷圈游戏[②]，撞柱游戏[③]，吃点心，舞蹈，还有一个用镀银的乐器演奏的乐队（要是它确实演奏得像在报纸上看起来的那么好，那多有趣）。我肯定去，多半也消遣一番，可是假如我能鼓起勇气参加一切活动我一定能快活一千倍。事实上我多半将到处走走，样子颇为冷淡，还摆出一副赏光给面子的神气，老是畏畏缩缩得不行，由于过分害臊以致什么也干不了，只是花几个铜板玩玩投环套物游戏；甚至扔铁圈及撞柱游戏都给放弃了，因可看的人太多。我只要有足够的勇气就会化好装参加化装游行，那样的话我将以浪漫派的样子出现，要么扮成一个伊丽莎白时代的人，要么扮成十九世纪二十年代拜伦式

① 威廉·亨利·戴维斯（1871—1940），英国诗人，也作散文，代表作为《一个超级流浪汉的自传》。

② 系将金属、橡皮或绳子制成的环圈扔过去套中竖立的木桩。

③ 用球沿球道滚动以撞倒前面的瓶状木柱的一种游戏，亦叫九柱戏。

的青年绅士，一旦出场，我会成为这盛会的瞩目中心。我要参加所有的赛跑，撞倒一大批木柱，去算命，纵情吃点心，随着乐队的拍子跳舞，直跳到日落。然后随着夜幕降临，牧师对这一切厌烦，乐队在夜色中收场，我才手舞足蹈，哼着无韵诗，昂首阔步走回家，在星光灿烂和鲜花隐现的世界里，我成了一个让别人梦寐以求的不凡人物。

一条独自享用的路

有时候在一个这样晴明的秋晨，我背向城市而走上公路，这时世界仿佛是属于我的。我往前走去，可以说是走进一个广大的阳光照耀的空间里。我一旦走出城市一小段路，好像世界上的人就被扫除得干干净净了。我走过若干年轻母亲的身旁，她们自豪地把自己那眼睛圆圆、神态庄严的婴儿抱进晨光里，还遇到一二辆笨重地行进的大车，也许还有一小群工人，他们停下活儿来抬头眺望，脸上带着幽默的听天由命的神情，我赶上走过这些人以及别的人后就常常再没有人了。我一个人独自跟太阳进行订好的约会，他，我想象成是一个万能的、亲切友好的闲人，人类当中一切梦想家和闲人的始祖。

一片薄雾笼罩着附近的群山，山几乎看不见，它们的形状与颜色只不过隐隐约约的，因而它们仿佛高高在上，——成为梦中的景物。在我沿着明亮的道路往前走去时我好像漫步进入一个宽广的空间。有的是可看可听的东西；母牛从墙头用它们的悲伤的大眼观望；这里那里一缕稀薄的蓝烟；在朽木周围白嘴鸦呱呱叫；远方响起大车的咭嘎声，偶然的一两声呼喊，模糊不清的打铁声，更远处则是市廛声，然后是熙攘的人群的微弱的喊喳声。然而从人群和喧闹的街道而来的我，觉得一切似乎是空悠悠的，因为一路上我没有遇到一个人。道路，尽管它两旁厚厚地吹积起来暗黄色和褐色的落叶，显得是赤裸裸地横陈在阳光下。我一心陶醉在这种出乎意料之外的孤寂里，好像一个风尘仆仆的旅人饮他的淡啤酒一样地热烈。有个时候，它有如一口美味提神的佳酿，在外表上我虽然是一个严肃的，沉思的，几乎是忧郁的行人，在精神上我却在庆祝盛大的节日，豪饮，跟年轻的神一起狂欢。

生活在大城市的最大危险之一就是我们的邻居太多，人与人之间的情谊太不值钱。我们容易对人感到厌倦；一棵孤零零的苍翠的树木有时候胜过一千多位公民同胞，使我们觉得更为亲切。除非我们意志坚强，那数以百万计的眼睛使我们发疯；由于老是被群众又推又搡，我们不禁对马尔萨斯①心平气和起来，对希律②和其他不得人心的大批暴君也有了一些好感。倘若我们看到在土耳其斯坦③与巴塔哥尼亚④生活的人，也开始嫉恨他们。当我们变得彻底讨厌人群时，我们觉得这些成千上万的男男女女会很快粉碎、践踏或挤压我们独一无二、令人惊叹的个性，使之成为街上的某种毫无价值的标本；我们觉得精神由于缺乏发展的空间而会毁灭，我们渴望呼吸没有受拥塞的人群所污染的空气。

这类想法有些是我最初短暂而好奇地瞥见这一孤寂的

---

① 马尔萨斯（1766—1834），英国经济学家。马尔萨斯人口论的奠基者。

② 希律（约公元前73—4），古代犹太人的王，为了杀死襁褓中的耶稣，曾下令屠杀耶路撒冷所有新生的婴儿。

③④ 土耳其斯坦系前苏联中亚地区，巴塔哥尼亚为阿根廷南部大草原。这两个地方均为人口稀少的地区，与伦敦相比人口密度小得多。

地方时想到的。我具有比人们平常所知的一种更丰满的情绪，觉得我可以按我变化中的古怪念头塑造我周围的世界；我的精神饱满过剩，似乎以突然溢出的光辉与欢笑充实这宁静而宿睡未醒的乡村，无人的大路和空悠的田野。金色的大气和蔚蓝的太空是我的王国，我可以任意用我的幻想让它住满人。片断的美丽的诗行出现在我的脑海里，我把几个词，甚至一个词，用着重的感情反复念出来，好像要把它们的意义和美感印在一群倾听着的人心上。有时候我突然爆发出一小阵猛烈的笑声使我自己尽兴。别的时候则放肆地大声唱歌，对着一头母牛和三棵树组成的发呆的听众悦耳动听地明言斐丽丝①有着这么迷人的风度，我可以爱她爱到死，当时我也是这么相信的。我对自己唠叨，对自己喝彩，对自己奉承。我甚至纵容自己驰骋一二少年时代狂妄的遐想，在这种遐想里，人觉得自己突然一下爬到某种特殊的高高地位，成为数百万人的偶像，人当中的半神，从那个高处用好心而卑视的目光向下看害近视病的人，他们看见了真正的伟大而不知道，这批人大部分是好挖苦的教师和爱嘲笑别人的亲戚。

只有通过这样高超的形象，似乎比半小时的闲步更适合去认识好几个世纪的闹哄哄的生活，我才能以顽强的言词表示出由于这一突如其来、没有料到的与世隔绝的状态而第一次产生的高涨情绪。

可是当早晨慢慢地消逝时，从这种新的自我扩张而引起的欣喜就逐渐减退以至消亡；精神对它的游戏感到了厌倦。道路空自延伸它的长度，几片最后的死叶飘落下来，

① 斐丽丝为英国女子普通的名字，这里是作者虚拟的人物。

朝晖愈来愈强烈，画出群山的轮廓。白天从来没有这么可爱。可是路上我没有遇到一个人，即使远方人们劳动与娱乐的声音也沉寂下去。在一段时间后空空如也的大路和幽静的小谷有点模模糊糊地不安起来，好像一个准备摆设宴会的房间，灯火通明，给映照成一片绯红色和金色，可是一切冷清安静得犹如坟墓。我问自己是不是所有的人通通都被不为我知的某项今天早晨刚好生效的法令关进了办公室或地下仓库，是不是只有我逃脱了呢？或者我纳闷是不是最后的审判日①降临，它不是通过号声向世人宣布，而是通过天上出现的为我所忽略的某个记号宣布的，一只巨大的手或许在向所有的人召唤吧，或者天堂在我专心点烟斗的时候打开了吧？大地劳倦的儿女们除开一个之外全都集合去长眠了吧？我孤零零地走着。

蓦然我看见前方路上有一个小小的移动的人影，马上它吸引住我全部的注意力。要是跟我的这个被相同的心愿与欲望所驱使，脑子里也塞满同样的梦想和不安分的思想的同类相比，墙垣，田野，树木和母牛又算得了什么呢？在世界最伟大的传奇故事之一里面，那有关沙碛上发现人类足印的故事难道不是最使人惊心动魄的时刻吗②？世界的历史是不是以一个人遇到另一个人而开始的呢？在我把目光盯着走近的人影时，我最后的胡思乱想和利己主义的想象就无影无踪了，我全神贯注在这次相遇中可能发生的种种完全是漫蒂克的情况上。恰像我乐于逃开人群，既不

---

① 基督教《圣经》所预言的世界末日，其时世界上的人都要在上帝面前受审。

② 指英国作家狄福的《鲁滨逊漂流记》中主人公在荒岛上突然发现一个人的足印（第十四章）。

想见他们的模样，又不想听他们的声音，现在我又急于打破我的孤寂状态。我走了一个圆形，回到起点。在陌生人和我走到一起来时，我大声地向他招呼一声，他，有点吃惊，给我回了礼；这样我们走了过去，除开短暂地互相瞥见一下对方的面孔，就什么也不知道了。我们相互不知道姓名，只有声音告诉我们是一次萍水相逢的同路人，我们只是透过薄雾互相问好和道别而已，可我以为我们是受到一点鼓舞而继续前进的。

论无所事事

我有一个朋友，他是位艺术家，也是一个懒得可爱的家伙，前一阵我跟他一直待在他在约克郡荒原的农舍里，这栋小屋离火车站约十英里；由于我们幸运地遇到持续一段时间的突然而来的暖和天气，我们就一天接一天在早晨出发，抄荒地上最近的小路，悠闲自在地攀登到一个海拔两千英尺的高地，然后仰天而卧，这么着消磨那长长的金色的下午——什么也不做。没有比荒原更好的任人徜徉的地方了。那像是一个进入苍穹的完全没有陈设的前室。它的表面是单调的，不为你提供直接的刺激性，也没有引人入胜的有声有色的戏剧，但它的慢慢变幻的云彩，阴影和斑斓的天边所形成的种种图案，足以使你在精神上整天保持一种不会完全转移的兴趣。一块块草地跟客厅的地毯的大小不相上下，像精致的天鹅绒那样柔软，吸引你去躺卧。荒原的偏僻遥远，它的永恒不变，它对人的利害关系从古以来一贯的淡漠，使你的精神得到净化和休息。人世的一切声音都湮没在鹬鸟一声单调的啼鸣里。

一天又一天我们伸展四肢躺卧在荒原上，抬眼看天或做梦似的凝视远处的天边。说我们什么也不做那自然不完全真实，因为我们大量地抽烟，吃三明治和小支小支的巧克力，喝不知从何处汩汩冒出来的凛冽的溪水，它汩汩地流了几十码又消失不见。偶尔我们交换一两回意见，但是大概跟两个我们的同类尽可能什么也不做差不多。我们没有计划，即便打算也没有；脑子里没有起过一个念头；我们甚至也没有像通常两个友好的男人在一起消磨时光时尽情表现的自吹自擂那一套。在远远的某个地方我们的亲戚朋友却正在喋喋不休和忙忙碌碌地挖空心思筹划算计，争论叫嚷，既捞又花；然而我们像神仙一样，实实在在地无所事事，我们的心灵是毫无斑点地一片空白。当我们短暂的悠闲的假期过完了，我们最后从荒原上走下来，像夕照一样得意，回到红尘时，而报纸的读者却发现我们刚刚挨了戈登·塞尔弗里奇先生①的一顿好骂。

他在何时何地痛斥我们，我不知道。我也不知什么样的兴高采烈的人群要求他吐露这些私房话，并且接受他的狂妄意见。当我们在荒原的太阳下让我们的怪癖得到充分发展时，离奇的事情也恰好发生在这个时节。就在去年或前年某个好事者组织了一次有计划的大陆旅行，作为对有较高知识的度假者的诱饵，安排了在沿途对这个旅行团由优秀的作者进行一系列讲座。快乐的游客出发了，他们说话算话，在第一站英格教长②就现代的娱乐爱好对他们作了一次讲演。至于塞尔弗里奇先生的演说是对一群度假者发表的，或是在一群大商场老板的庄严的会议上发表的，我却不知道了，但我确实知道他说他嫌恶懒惰甚于任何别的事情，并认为它是莫大的罪孽。我也认为他对那些浪费

① 哈里·戈登·塞尔弗里奇（1846—1947）美国出生的英国百货商。

② 威廉·拉尔夫·英格（1860—1954）：英国圣保罗大教堂的教长，神学家和散文作家。

时间的人作了某种非难，可是我把理由和例证忘了，去重新翻找那些理由和例证我也会认为是可耻地浪费时间。塞尔弗里奇没有指名道姓地提出我们来，不过在他的心目中他从头到尾攻击的就是我们，那也是不用怀疑的。大概在他狂热的想象里我们正仰卧在荒原上，极大地浪费时间，同时数不清的工作等着我们去做，顺便说说，也为了以后好在塞尔弗里奇先生的商店里把这些成品买进卖出。我希望他想象如是，因为实际上这个景象应该给他带来好处；只要我们无所事事，那在任何时候都是个好看的场景，让人看看我们，会对任何人的心理都有好处，即使是一个极为零碎的莫名其妙的幻景。不幸，塞尔弗里奇先生多半早就对这种如他所称的懒散的罪孽下了结论，这样就不能以理服人，也不能欣然被人接受。这固然令人惋惜，因为他的观点照我看来是错误的，而且完全肯定是有害的，那就更加令人惋惜。

世界上所有的罪过都是由那些孜孜干个不停而又不知何时应该干或应该干些什么的人造成的。我认为魔鬼撒旦仍然是天上地下最忙的人。我可以完全想象得出他斥责懒惰和对浪费一点点光阴发火的那副神气。在他的王国里我愿意打赌，他不许任何人无所事事，哪怕仅仅一个下午。这个世界，我们全都不用忌讳地承认是一团乱麻，但拿我来说，我就不认为是懒惰把它推到这样一个地步。并不是因为它缺乏积极的美德，相反倒是因为它缺乏消极的美德；它什么都能做到就是对待懒惰缺乏善意和一点点沉着的思考。世界上依然有大批能量（再没有比瞎忙的人更多了），举例来说，在1914年6月①，要是有某种顶顶懒散的气氛，

① 这里是指第一次世界大战。

所有的人，皇帝们，亲王们，大公们，政治家们，将军们，新闻记者们，忽然间产生一阵强烈的什么也不干的愿望，光是在大白天四处溜溜达达，抽抽烟丝，那么我们的日子本来比现在要好过得多，可是不，紧张生活的教条依然到处通行无阻；一定不要浪费时间；一定要干点什么；好，如我们大家都知道的，结果出了问题。再说，假如我们的政治家不是带着一大把不成熟的想法和一大堆有待散发的能量匆匆赶往凡尔赛①，而是花上两个星期，把什么信件来往，会晤接见等等通通抛在脑后，干脆在山边水涯优游徜徉，头一回在他们劳心又劳力的生活中什么也不干，然后再去参加他们所谓的巴黎和会，离开时声誉不遭到败坏，国际事务处理得干净利索，那岂不好。即使在目前，假如欧洲半数政治家放弃懒惰是一种犯罪的想法而脱身走掉，在一小段时间内什么也不干，我们一定会因此而受益。还有其他的例子涌现在我的脑海里，比方说宗教教派不时地开会就是；虽然外面的罪恶堆积如山，虽然文明的前途依旧可疑，参加这类会议的代表却花时间去谴责女士们的裙子太短，跳舞伴奏的乐队噪音太高。他们不如到什么地方去把身体放平仰卧，注目蓝天以恢复他们的精神健康。

认为懒散是第一等的罪恶和与此相应生活应该紧张的教条在美国非常盛行，我们不能回避这一事实即美国是一个十分富裕的国家；但我们也不能回避另一事实美国有这种情况，即她的最优秀的当代文人都是讽刺作家。奇怪的是，大多数美国大作家都是从来毫不犹豫地赞扬懒惰，对什么也不干并对自己实行此道加以歌颂常常是他们的特长，

① 指巴黎和会，因在凡尔赛宫召开，故这么说。

懒散一直是他们的救星。因此梭罗①要是没有他的闲散的能力，除开欣赏银河之外什么也不干，那他就会是一个冷冰冰的迂夫子；惠特曼②，要是剥夺掉他到处游手好闲的习惯和他对这种消遣的天真的乐趣，他将只不过是一个大个子笨蛋。任何傻瓜都可以瞎忙而到处散发他的能量，可是一个人在让他自己安心于无所事事之前必须有所准备。他一定得有存款可以提取，一定要有能力投入源源不竭的遐想幻梦，一定得在内心深处是个诗人。在别的诗人不能打动我们时，我们去读华兹华斯。华兹华斯就知道无所事事的价值；你可以说没有人比他更清楚此中的妙处；你可以发现在他的作品中有对此事的最精彩的记载。他的高寿使他有时间收回他年轻时发表的大部分意见，但这句话我不认为他曾经否认，他在青年时代说过一个人不可能有比闲逛和定睛观察大自然更为健康有益和超凡脱俗的活动了。（在他的一首诗中他曾对某些吉卜赛人非常生气，这不假，因为有一次他们明显地在他开始散步经过时无所事事，十二小时之后他回头经过，他们还是无所事事。不过这是带有嫉妒色彩的种族偏见，我怀疑，因为他固然没做什么事情，他们比他做得更少。）如果华兹华斯还活着，我断定他会比从前更起劲更经常地宣扬他的学说，在一系列重要的十四行诗中他多半会攻击塞尔弗里奇先生而捍卫我们（以“上星期他们在寂寞辽凉的荒原上闲逛”一句开头），这些作品不会不引起注意。他将告诉我们如果全世界的人在以

① 亨利·戴维·梭罗（1817—1862），美国散文作家，代表作为《瓦尔登湖》。

② 华尔脱·惠特曼（1819—1892），美国诗人，代表作为《草叶集》。

后十年内尽可能把时间花在仰天躺卧于荒原上什么也不干，情况就会好转。他的话会兑现的。

刚过完圣诞节

事实上，这篇东西根本不是约·波·普里斯特利写的，而是我，威廉·普里斯特利所作。那是我的名字，只要你看看我的颈圈，一条非常漂亮的颈圈，上面还有作装饰用的铜钉，你就明白了。由我而不是他来写这篇东西，原因是这星期他根本就不想动笔，这是他坐在一张椅子上打着呵欠时告诉我的，所以我说我愿意代替他（应该由他写，不是吗？我的语法非常糟糕），他说只要他不动手谁干他都不管，如果我想好了题目我可以进行，根本不用谢——就这么说的。

这是一只狗不得不容忍的那类事情，即使像我一样一只贵族血统的西利汉①。我不要虚荣势利——也没人说我是个势利之徒；事实上，我总是在外溜达的时候遇到麻烦，因为不管一只任何阶级的狗我都能跟他在一起相处得来——可是这儿像我一样能拿这样的出身露一手的人却没有，父母双方的家族都得过一次又一次奖。假定说有什么人类而不是狗的展览，我的主人和女主人，他们的姑姨叔伯，祖祖宗宗能得多少奖呢？不会那么多吧。多半一个也得不到。不管怎么，谢还是不谢，我答应为他代作，我喜欢遵

① 西利汉：一种出产于威尔士的西利汉地方的小猎犬，长头，长身，短腿，以精力旺盛著称。

守诺言。我告诉他我有个题目，但这并不完全真实。我没有什么特定的题目，不过我想这既然是我初登文坛（也可能是绝笔之作），如果我对事情一般地叫吠一通，大概谁也不致于有意见。

我绝对不打算经常干这类事情。间隔长时间来一次我觉得足够了。我是一只地地道道的狗，我完全跟别的狗一样喜欢出风头和别人对我鼓掌，不过在当作家的问题上得画一条界线。不时露一手，让人拍一两下固然很好，可是整天来这个而所得不过如此，——不，我可不干。不得不装腔作势（那行吗？看起来不正常）你不在乎?! 我清楚。有人到我们家来——作家们——跟主人坐在楼上他的书房里跟他说话，如果有时我没有更好的事情可做，我就往室内瞧瞧，听他们谈。你从没听说过这类玩意儿。"对啦，老头，"他们有人说，"我压根儿不在乎评论家怎么说，我从不看评论。"接着："我不管书卖不卖得出去。从来不认为那会没人买。可是我一定要说，当我看见某某最近写的那些废话，那使我——!"还有他们爱说的另一盘经——我准听过几十次了。"老头，事实是我准备换换我的出版商。那确实是个麻烦。A 某不愿做广告。你不愿做广告，那又怎么能想要别人买你的书呢？我十分有意去找 B 某。他那家倒确实知道如何推销。看看他们销售 C 某那本书的办法就得了。"每回都是老一套。全是装模作样。我的主人跟别人一样糟，半斤八两，这些作家们。你可别指望我成他们那样。

可是，这些日子来一大批狗正从事写作。有的还搞出了一点名堂。有人告诉我前些日子写了《在梅斐尔①从我

① 梅斐尔：伦敦西端贵族住宅区。

的篮子里往外看》的小叭儿，每篇文章得到的报酬是三块炸肉排和三罐奶油。我知道的另一条确实的消息是写《一个伦敦人的狗》的爱尔兰塞特①，所得报酬是千字十根骨头。当然这些是报刊的记者。写书的狗们大多得不到那么高的稿酬。不过他们看来都干得不错。在这条马路上有一只老狮子狗，她总是写回忆，《跟随一位富孀十年》，《我所认识的主教和男管家》，诸如此类，我认为她从卖文中得到相当可观的骨头。这自然是住得十分贴近的文学同行。我在散步时很少不遇到几只带有作家气味的狗。住在邻街的一只猎狐狸②从事侦探小说的写作——《火腿骨头之谜》，《大狗的最后案件》，那是他写的——别人告诉我因为他收入源源不断，他现在正尽可能快地把骨头埋藏起来。五十三号的乔③是一位诗人，或不管怎么样也算个诗人，我必须说我对他搞的现代自由诗那玩意儿可不大感兴趣。前些日子他曾给我看过他写的一首，下面就是：

饼干斜穿过来
　　而信任并不永久
平衡。
　　空的发动机
　　　　　　一动也不动。
付过钱。
　　过来女士，它困难重重地掉下，

① 一种猎犬。
② 一种猎狐用的小狗。
③ chow，一种中国种狗。

所以让我们

设宴款待，款待，款待埃及人。①

他告诉我写这首诗花了他六星期，我回答那使它更糟。确实如此，难道你不这么看吗？她在五十三号的女主人是一位有钱的美国女人，我认为那说明好多问题。

可是我不觉得我已经把我为什么终于搞起写作来的原因严格地说清楚了。事实是，我的主人，如同这房子里除我之外所有的人，这星期吃得太多。狗据认为十分馋，我承认饱餐一顿美味佳肴那是享受，但是实际上简直没有一只我认识的狗不对人吃饭的方式作呕。我一天吃一顿正餐，这就够了。有时在早晨我不反对来一点小吃，一片饼干什么的，不过我不要再多的东西了。可是这里的人——大人小孩全一样——简直不停地吃。这个星期叫人害怕，那完全是不正常的一周。小家伙一直到处跳个不停，比平常嬉闹得更厉害——我并不在乎；我喜欢跟他们在一起玩耍，只要不拽尾巴或要别的流氓行为——整个房子满是人，以及棕色的纸和带子，有刺的绿东西②。人人都说点有关“快乐的圣诞节”的话。形形色色的陌生人都来到大门前道一声“圣诞快乐”或不管什么话，我对他们直吠，要把他们轰走，直喊得嗓子疼。不过真正使我腻味的是吃。我做好准备像别的狗一样对人们尽可能宽容，但那有个限度。假如那只是小孩，我可以理解，但在最恶劣的大人当中我的主人要算一个。似乎他最喜爱某样东西——你绝对闻不

① 原诗根本不通，不知所云，是作者对现代派“诗人”的嘲笑。

② 指圣诞树。

到别的东西有比它更叫人想吐的气味了——它叫做布丁，还有另一样东西叫什么“碎肉果馅饼”，他狼吞虎咽，吃得这么多，结果现在什么也干不了，只好坐在椅子上打哈欠，打了又打，样子真不顺眼。他身体变得相当胖，但他说无所谓，虽然我认为他是有所谓的。

他把他写的所有文稿都放在一只红色的有点像箱子的玩意儿里，前些日子它们都摊在地板上，我匆匆看了一眼。我可以告诉你我吃了一惊。内容有那么多装腔作势的东西。对了，我并不以为我是个作家，或记者，或一个这类的文人什么的，要是我动笔，我写出来的是十分粗糙凑合着用的东西，这我知道，但它们是出自内心的。我并不装做是另外一个人，我就是我，汉姆斯台德①威尔道二十七号的威廉·普里斯特利，一只西利汉种狗。我写——也就是吠——同时还套着颈圈。但我的主人是个彻头彻尾的骗子。首先我注意到他装得像一个上了年纪的安静、和气、明智的人，到处溜达，观察一切而沉默寡言。如果我不认识他而只读过他写的东西，至少我会以为他是如此。实际上，他一点也不像。他年纪不十分大，倘若他少吃喝些而多锻炼，照我对他建议的那么去做，他的外表会看来还相当年轻。他既不安静也不明智，可是嗓门儿倒相当大，有点咄咄逼人，他可以像这儿的孩子们那样傻得近乎天真，甚至比任何一个更傻。遇到他哪儿也不去的时候，他就万事不管，我听到我的女主人不止一次说过这种情况。他整天待在家里，坐在书房里不断地抽烟，抽得厉害极了。他自以为了不起，其实毫无根据，除非，当然他现在是我的主人，

① 汉姆斯台德：伦敦的一个地区。

住在汉姆斯台德的人，每天回家时有一只第一流的西利汉狗向他们摇着尾巴表示欢迎，那可是不多——更不提为他们写随笔了。

他这会儿说：“向他们说新年快乐吧，威廉，然后乖乖地到一边去。”完啦。再见——汪，汪！

已成陈迹的宿舍

我在剑桥念书的那所学院[①]正在校园内的远区进行改建，把后门旁的一栋小宿舍楼给拆掉了。我曾在这幢小楼住过短短的一季。它还跟我的过去有一段姻缘，我想，那是我在剑桥出名的机会。在那栋宿舍存在期间，它被人指指点点的时候我是个名人，因为我是那个一度“关”在里面的人。说我在剑桥的三年是一段锦绣前程，那未免言过其实，九个学期[②]从来都是默默无闻地度过的，我的学业成绩是虚有其表，诚然，我得过一次随笔奖，随之而来的是赫赫的十五镑奖金，那因为我是唯一的竞争者。我从未被挑选参加什么队或团，因此从未接受过奖旗、奖带或有色的船桨[③]，我的声音从未在学生俱乐部听到，也从未有提议者被我的机智弄得狼狈不堪。我从未编过本科生的报纸。从城市来看我们的名人压根儿没有当我的保护人的愿望，甚至不想认识我。我的姓名从来也没有当做一个前程远大的学生被师长在公共休息室里喝葡萄酒时窃窃私议。那时或现在我都既不英俊，又不富有，缺乏魅力，甚至也

① 剑桥大学是由好几所学院组成，作者曾在剑桥的三一学院学习。

② 按英国学制，剑桥一学年分三个学期。

③ 剑桥有划艇队，每年与牛津有赛事。

不和蔼可亲，从来没有哪个地方需要我，我不是那种虽非名士但以自己的才智使客厅增辉的人。我默默无闻地度过那三年像一只鼹鼠，也就是说如果你能想象得出一只抽烟斗，喝啤酒，主观武断，心胸褊狭的鼹鼠的话。然而有一件突出的事情是我可以吹嘘的，或者说那是唯一的一点。有两个学期我住在全校最奇特的一套宿舍里。我也许是个无名小卒，但谁也没法把我赶出那两个最奇特的房间。我住在那里像一个小精灵。

既然这个小地方已经拆毁，别人将不会相信我说的。我不能把我的孩子带到那儿去，跟他一同爬上那螺旋形的铁梯，它是那么滑稽可笑，小巧玲珑，他们会喜欢它的。我只能凭记忆来写它了。让我从头说起吧。我就读的是剑桥那些学院中较小的一所，入学的名额已足，我只是在最后一刻想办法注上册的。那里的规矩是第一年必须在校内住读，所以我非找个地方不行，虽然全部宿舍已经满员。不过我开头第一年不是在后门那个宿舍度过的。不，我首先住进去的是所谓“导师楼”，这楼原是计划给已婚的教师住的，不过那时候只住了两名单身汉。在这栋楼里给了我一间卧室和一间起居室。我现在还记得那间起居室，非常大而又没有一点陈设（因我只有三件家具），冷得要命；中饭是斯巴达式的，面包加干酪，别无其他；我呢，穿上大衣枯坐，有时读神圣罗马帝国古史。有时瞪眼看着花园里的落叶，像一篇俄国短篇小说里的一个人物。学校当局准知道了一点情况——也许我穿上大衣的孤单寂寞的形象夜复一夜清楚地出现在他们的梦里——我的一切都不大妙；或许（这更加可能）他们决定这些房间拨做别的更好的用途；总之，我得到通知下学期另外给我搬个地方。因此当我返校时，就让我看看后门的这个宿舍。你明白后门是从来也不开的，所以这个玩具一样的宿舍多年来空着闲置没用。我只能这样描写它，那像是你从未见过的最小的小屋，只不过外面有一架离奇古怪的螺旋塞状的楼梯。在楼梯口是我的前门，门后则是两间袖珍式房间。

那的确是一个小精灵的住处，我觉得在那里是很开心的。十六个星期长得刚好；再长则要感到一切都不方便而骂娘了；可以说我并没有住到它的新鲜劲使我不感到新鲜的时候。在这样一个地方住一两学期而觉得沉闷是不可能的。它把日常的眠起饮食这几档事提到带有离奇色彩的高度。老实说，我从来不十分相信一切是真的，直到最后一次，当我走下那些摇晃蜷曲的楼梯而不再回来时，我都有几分觉得我是生活在一个梦里。这个小小的地方在与世隔绝这一点上既是离奇的又是迷人的。你身在学院而又不在学院。这些荒唐的楼梯是一个入门之阶。在走过院子时不管你觉得如何单调和平常，一旦开始爬上楼梯，那就消失了，因为你登上一个把荒诞和传奇揉在一起的地方，回到这里的家使你激动。接着你走进那两个房间。那间卧室像是一个可爱的小玩意儿留在我的记忆里，用铅条固住的窗户，窗外是一树忍冬花，但是由于我只进去睡觉——尽可能挨到最后一刻——因此我记得不太清楚。吸引住我的目光的是起居室。来访的客人——每次只能接待一名——准以为他们是爬进了一个烟草罐。它小得只有幻想才想象得出来，只有爱尔兰童话中的一双小妖精才能存身。电力没有通到我住的地方，虽然学院其余的地方都有，但这里有煤气，我记得房间里有一个甚至比我的大拇指还小的煤气灯罩，离地板不超过五英尺。我安装的煤气取暖器放在女王的玩偶室内似乎也不差。室内还安放了一张桌子，小到上面放两杯咖啡和一听饼干就满了，这么一点东西给人的印象是我在举行盛宴。

碰巧那时我正买来一大堆书，这是每周巡视所有的书店和市场上的书摊取得的成果。你可以看到我，非常内行地，站在一些廉价的书籍前。有时候我有点豁出去了——曾买进一套伊丽莎白剧作家的戏剧，他们当中我现在一个也不想读——不过照例标价五先令以上的我就不去问津，平均每次我买的便宜货在十八便士上下，结果很快我就搜罗了一大批衣衫破烂的朋友。有的大宗买卖我至今犹后悔，包括一套"威佛里小说集"①，沉甸甸的大部头一本又一本，小牛皮装订，附有数量不等用不同纸张印的插图，表现的全是书中某个隐晦而难以置信的段落，这一套书是上一世纪四十年代每个绅士极想为自己的图书室收藏一部的。不消说我为这部卷帙浩繁的大书花的钱不多，可是雇车的运费却不少，用这笔钱可买几套适合于一个读者而不是一个举重运动员的书。我记得这套"威佛里小说"是跟其他一大批卷角和破烂的书籍一同好不容易送到我的斗室的。搁书架上根本想也别想，所以这些书只好靠墙堆着，由于书愈来愈多，堆得也就愈来愈高，愈来愈厚，直到桌子底下也堆满了，最后不但我要找的书根本找不到，简直连房间也进不去。即使在此前，若有另外一个抽烟斗的人跟我在一起消磨夜晚——我们轮流坐那个孤零零的扶手椅——约摸半小时之后，我们相互完全消失在浓厚的青烟中。可还是有来这里做客的人，我们谈得多么痛快呵！——或者

① 英小说家斯各特的小说总名。

更确切地说，是沉湎在两个交谈的年轻人的胡侃、遐想和无知的武断里。

我住在那里的第一学期刚好是春季学期，我确实过得舒服，即使最不喜欢这两个房间的人（虽然还从来没有过）也无法否认它们是保暖的。在夏季学期里，天气格外热，不幸的是它依然保暖。我只记得那个学期剑桥只有一个比我的房间还热的房间，那就是考试厅，那时太阳的炎威正当高峰，我们要在里面关一个星期，闷得透不过气来。学校当局竟要求男学生花一个星期的时间回答类似下面这些愚蠢的问题（我不说女学生，她们似乎对考试容易有好感）：

呵，杜鹃，我要不要称你为鸟儿
　或只不过是一个飘忽的声音?①

陈述你在两者当中选择哪一个，并把你选择的理由说明。

更加荒唐的是竟然把那个无精打采的仲夏选作考试的时间。我喜欢过热天，没有什么比晒太阳更好的事情了；可是绝不能指望我在这种时候去思考有关神圣罗马帝国或是理想主义的国家理论的问题，或拿它们来考问我。我绝不能在感到热不可挡的同时又能对试题对答如流。因此是那个学期的热浪使我对考我们的老师丧失一切好感，到第三天我就对他们所提的愚蠢的问题做出冷嘲热讽的答复，到第五天我干脆就不做回答。但是我无法在我不合理的斗室内保

① 这两行引自华兹华斯的《寄杜鹃》。

持凉爽，虽然我坐在那里，只穿着睡衣，喝着从饮食服务处买来的冰镇啤酒，夜复一夜，我坐起来，不断出汗，好像我是印度洋上一艘不定期货船上的工程师。确实跟在一艘船上没有什么不同。那小小的螺旋形铁梯，在近几周来它本身已经给太阳晒得发热，仿佛是从船上的轮机舱里挪来的。如此就可以看到我的宿舍是怎样为想像力提供机会了，不像普通的一套房间，不是仅仅作为吃喝睡眠的小屋而已。我在那儿过的蛮好。我认为学院内其他人也对我住在那里引为乐事；我在楼梯上爬上爬下每每使他们开心；往往有人从别的学院特地到这儿来看一看。如今学校拆毁了我的小精灵之家，随着最后一块砖头荡然无存，我在学术上想出人头地的途径成为泡影。我不会再去剑桥了，种种荣誉也就吹了。

海行归来

从漫长的海行归来几乎是再生一次。上陆后有短短的一会儿你觉得原来的生活面貌一新，好像是哥伦布发现美洲似的，你扮演的是站在达连峰上的柯蒂兹①这一角色，而实际不过是在英国一个阴冷的码头旁而已。你似乎以为，哪怕只是一秒钟左右吧，没有一处你看到的地方——陆地像彩虹般那么斑斓绚丽，海港的名称本身就是内容极其丰富的传奇故事——是像你回到的这个灰色小岛那样古怪有趣。随后，一切如旧压顶而来，你周围的种种清清楚楚，牢不可破，你整天跟早已熟悉的东西打交道，而同时你的海行整个倒塌下去成为一场破碎的美梦。因为我从事过相当多的海上旅行，从几小时以至一星期，我自认为对海是有所认识的，而实际一无所知。那些短途的航程不容你有足够的时间以忘记你作为一个陆上动物的生活，或者不容你把浮家泛宅的生涯看成别的什么，而只能看成一段由摆动的甲板、船舱里的卧铺、狭窄的通道和白色的油漆所构

① 柯蒂兹（1485—1547）西班牙人，墨西哥的征服者。在济慈的《初读查普曼译荷马》一诗中，以为他是第一个站在达连湾上的达连峰上看到西太平洋的第一个西方人，而实际上是巴尔波（1475—1517）。达连湾在巴拿马与哥伦比亚之间。

成的短暂的插曲。既然我在这个奇特的世界里消磨了一周又一周的时光，在风浪中远行了万里，数以十计的太阳从周围的海面升起又沉入大海，我懂得了先前是一个谜的许多事情。

这样，不要很久我就开始以长期在海上远行的水手的眼光来看世界了，他们一定总是那么看的。不管地图上那一大片蓝色的海域，我原先总是把海当成一种叫人感到愉快的起伏不平的地形，一种欢快的新鲜事物，它出现在这儿那儿，让陆居的人们去欢度假日。这时我明白了，地图并没有告诉我们全部事实真相，世界实际上是一片波涛滚滚的水域，其中陆地倒是一种叫人感到愉快的起伏不平的地方。通过精细地观察太阳与星座，研究海图，熟练地转动舵轮，你也许，走运的话，会走到从大海冒出的一块实地，那儿还长出来树木花草，甚至还有街道房屋。我们自吹自擂世界是属于我们的，我们包括人类，猿猴，昆虫，可是实际上它属于用鳍和尾巴不停地摆动的鱼类，它们就这样不慌不忙周而复始地环游地球。我们只不过是他人权利的侵夺者。观察一下就在最近处的鱼店吧，你将看见在那些死鱼的圆圆的眼睛里有一种痛苦的惊愕，受到损害的尊严的目光。现在我能理解这种目光的意义了，因为鱼，非常清楚世界是为它们或它们这类水族而创造的，忽然间发现自己是一个有脚和肺而妄自尊大的暴发户的牺牲品，这个暴发户却只不过拥有他所生活的那极少极少的一小部分地球表面而已。一名被乌龟绑架的郡长，也不会比这件事更使他感到惊讶，或者觉得更有损他的尊严了。

真的，一条船本身在某种意义上不过是一块漂流的陆地，在船上我们可以过一种与常规并无大异的生活。但还是有别。背景，海天模糊的圆环，是十分奇特的，以致我们做的平常的事情也带有新的意义。有的人从未注意这一区别，那是他们为什么觉得海行是那么沉闷乏味的缘故。让我们马上承认长途的海程，甚至到那些名字像内容丰富的十四行诗一样的地方，并不是浪漫的幻想把它描写得那样令人激动的事情。你被迫想办法去打发两顿饭之间的时光（在船上吃饭是多么重要呵！——一天的四根坚实的支柱），觉得是做在岸上为你不屑一顾的事情：读那些你多年瞧不起的书，几乎毫无兴致地玩那些构思简单的游戏，鼓励你的旅伴讲他们最最冗长乏味的故事，毫不害臊地打瞌睡打个没完。一天天这么平淡闭塞地过下去，以致看到一个飘进大海的古旧发锈的浮标，几根载浮载沉的桅杆，有关一艘远方航轮的胡编瞎造的新闻也会把人们吸引而挤到船栏边来。这儿没有人会抱怨岁月匆匆，光阴似箭，因为时间过得毫无意义，空虚无聊，如同我们周围晴朗的空间。做什么都有的是闲暇，即使玩儿完所有“忍耐”① 的把戏，或者阅读克拉丽莎·哈罗的故事②。

要是你对改变了的背景毫无感觉，对重新降生到一个小小的不熟悉的世界里也不介意，那么这一生准显得够长而单调，但我们当中大部分人则觉得它具有一种它独有的引起人好奇又令人神往的特点。我们旧的生活去如春梦。我们旧有的兴趣，熟稔的日常琐事随着故土的地平线消失而消失。我们是在一个新的世界里，如事实上那样，我们

---

① 一种消磨时间的单人纸牌游戏。

② 英国小说家理查生（1689—1761）的同名小说的女主人公，该书以冗长著名，共达七卷。

成为新人，甚至对我们自己也是新异的。我们的日子可能显得十足空虚，在鸡毛蒜皮的小事中打发过去，完全缺乏我们的想像力赋予它们的那种刺激性，可是它们终于有它们的深长意味和它们自己的魅力，一种有节奏地随着轮船的发动机的跳动而跳动的流动。如果我们回到陆地到达港口后，尽管忙乱有趣，我们会发现一旦这种流动中断，我们还是会感到遗憾。甚至那些最抱怨海行冗长乏味的人也觉得，使他们颇为惊讶的是，有几分追悔他们在这个港口或那个港口离开了我们，这个奇异的插曲终于告一段落。对我来说，至少有一种稀奇古怪的甜美的忧郁从头到尾渗透着我们这一段轻松空虚的生活，给予它一种迷人的力量，一种难以描述的魅力。我们用来表演小小的滑稽动作，衬托它的那幅背景，似乎比我们日常生活中熟悉的那幅更接近永恒。我们认识的这个熙熙攘攘，舒服惬意，五光十色的世界已经消隐，让给了一个星光灿烂和寥廓幽暗的沉默的宇宙。夜复一夜，当他们在甲板上跳舞时，我心头怀着一种甜美的苦恼观看他们，一种奇特的可爱的忧郁，好像一个在整个梦幻般的漫长夏季里都在恋爱的少年的那种苦恼。唱片放出的离奇古怪的调子——我们时代充满着难以满足的渴望的舞曲，只要有可能，它们是会变得明朗欢快的——被热带的轻风吹拂成低语；有色灯泡的小小光圈，女郎们赤裸的手臂，她们的舞伴的黑色或白色的上装，衬托着凝视他们的无边的黑夜，星空，和大海的起伏的暗影，所有这一切夜复一夜地掌握着我，因为在这一小片光与声的范围内——有点近乎这么小而可爱，荒唐而又半带有悲剧意味——似乎就是我们全部的人的生活。如果我们举行狂欢节，在那时化装成小丑，牧羊女，牛郎和吉普赛姑娘，这两者也并无区别，因为一旦我们从尘世进入死亡，我们的这些狂欢也就缩小成针尖大小的光，黑暗中的一丝微语。

既然我们已重新踏上海岸，那我就仿佛从未离开过，只不过在椅上打了一两分钟的盹，做了一个乱七八糟的长途旅行的梦。大海，火焰般燃烧的夕照，一个又一个岛屿，以及热带的丛林已经像破产的剧团的零碎布景给收拾起来，除开留在记忆里的不多的片断。随着我的怀表的滴答声而不断地成为更少更小的碎片。只不过一会儿之前组成我的整个世界的那些人，现在除开成为幽灵之外又能是什么呢？那位眉毛不一般的将军又在哪里呢（它们远比任何副官的小胡子更粗大）；漂亮的 N 小姐，她的富有想像力的服装是那么大胆，她赢得那么多的奖品，据说在甲板上待到那么晚；曾经在美国西部当过看牛人的小阔佬，他嘀咕在菜单上没有硬饼干和咸腌牛肉；教区牧师的太太，她的声音过于尖锐刺耳，跟油头粉面的骑兵上尉跳舞的次数太多得过分，她（他）们又在哪里呢？还有那从不离开吸烟室一角的三位种植园主；那戴眼镜的美国人，他为船上的活动不包括他特别喜爱的掷木盘游戏①而如此生气；三位从第默拉拉河畔②来的黑眼睛姑娘，她们刚在英国头一遭看见雪，就光谈这件事；从约克郡来的赛马赌注登记人，他总是钻研一天比赛中复杂的独占赌金小数值③；从巴尔的摩尔来的 S 先生，胖胖的，他吃得这么又多又快，好像不是

---

① 一种用长棒把木盘投向标有分数的格中的游戏。

② 第默拉拉河：南美圭亚那的一条河流，全长 200 英里，往北流入大西洋。

③ 指独占赌金的赛马中的小数计算。

在吃而是在货栈里存起来；那去奥利诺科河①上游的冷面神秘客；跟我同桌坐在对面年已古稀的老先生，他老是在早餐时捏捏所有的面包卷（好像它们是小孩的脸蛋）；当往事萦回在我脑际时，他们又在哪里呢？那艘一度载着他们和我，成为我们全部世界的客轮又在哪里呢？它已经是像“飞行的荷兰人”号②那样空灵缥缈了吧。

---

① 奥利诺科河：南美委内瑞拉的一条河流，全长1600英里，流入大西洋。

② 传说在暴风雨中的天气下出现于好望角的鬼船，它的出现是不祥之兆，德国作曲家瓦格纳曾据此写成著名的同名歌剧。

交际性聚会

她告诉过我她是怎么看待这种会的。她的态度跟我的态度完全不同，事实上，恰好相反。她讨厌这类聚会的想法，但几乎总是享受实际的乐趣。某个晚会邀请她参加并不使她高兴；她对即将到来的晚会并不抱什么幻想（也就是悄悄想象它会有些什么不怎么样的乐趣），而是不加理会；这时候，她冷淡地收下请帖，挺不自在，但愿她没有接到邀请才好；可是接着到了会上，如云的宾客，辉煌的灯火，漂亮的长裙，那种热烈的场面把种种顾虑一扫而光，于是她欢乐轻松地度过这一宵。这是一种令人羡慕的心情，我这么跟她说。我但愿这也是我一季[①]的心情，这以后也许我的观点有达到一个合理程度的机会。我的态度，我知道是非常愚蠢的，不过我猜想还有别人对这类聚会跟我有同感。我这么猜想是因为我虽然喜欢认为我与众不同，随着时间的推移，我发现我的兴致并未减退。否则，在别人家里的愉快的晚会这个问题上，我就没有根据了。我注意到你的发红的快乐的脸蛋，当一切结束时你高高兴兴地道“晚安”，每逢人家问你什么问题，你面呈微笑的习惯，这

① 这里指的是按习惯初夏的伦敦社交忙季。

都难以相信你想的跟我的一样。然而随时随地可能有个把同样受罪的人，这些自白是说给这样一位听的。

你要想发现我的态度如何只要把我的朋友的态度翻过来就行。我对种种聚会的想法感到有趣，可是对它的实际则兴致索然，结果成为既不能躲开它们，又不能享受它们。假如我鼓起勇气拒绝邀请，一到晚上我准后悔。假如我认为我没出席而被别人惦记（在我拒绝别人邀请时我总是这么想），我也就体会不到这种后悔的难受，可是到时候那些遥远的大门打开了，我猜没有人会注意我的缺席，即使我的朋友多半都到场。我安下心来在家里读书，但印有文字的书页从我眼前淡出，我揣想远处的宾客们，移动着的色彩缤纷的长裙，发光的男礼服硬衬胸，点头招呼微笑和快乐的面孔。我自动放弃了什么样的情趣，美和文雅的友谊呵！一念之差！——我就成了一个向隅者。我开始把自己看做一个受到冷落的人，接着稍隔一阵，又看做一个悲伤而严厉的卡莱尔式①的人物，鄙视这些索然无味的芸芸众生，幽居在禁欲主义和钻研学问的气氛里跟那些不朽的大师们进行精神交流。这是我能做到最好的消磨长夜的办法，然而我并不感到什么乐趣。假如没有人在场看到你是多么悲伤，寂寞，严厉，同时又假如这些令人索然寡味的芸芸众生不是在近处注意到你是多么鄙视他们，相反，却在别的什么地方正在享受聚会之乐的话，做这种人可是件糟糕的事。

① 托马斯·卡莱尔（1795—1881），英国苏格兰裔的历史学家，从把中世纪理想化的角度对资本主义社会持严厉的批评态度，鼓吹英雄史观。

这么一来便没有法子可想，只好遇到邀请就接受。但是虽则我清楚知道或应该知道等着我的是怎么回事，我不仅决定去，而且盼望着去。多半我是被一种不自觉的兴奋激动所卷走的，我觉得，对于像我这样的傻瓜，今宵却是另有一番滋味。我轻轻拍平我的头发和领带，事先准备好一两句警辟的话。我看到自己受人包围——难道我不是在聚会的中心吗？——由一群出色的宾客包围着。我的心对主人生出好感。然后——总是一成不变——产生幻灭之感。到达聚会地点后用不了一刻钟我就问我自己究竟在这儿干什么呢？为什么我活见鬼要跑来呢？当夜渐深，我喋喋不休，咧着嘴笑，抽着乌烟瘴气的香烟（我家放着二十管优良的烟斗），我的情绪愈来愈低落，最后我在一阵深深的意气消沉下离开这地方。如果说什么时候我的清醒反倒使我遗憾，那就是在这样的时候。一边我踏上归途，似乎所有银铸的弦索都松弛了，金铸的樽盏都打破了，来吊丧的人都在街上散开了。我跟传道书的作者合而成为一个人①。难怪花晚上时间到外面进餐的可怜的萨克雷②在白天要高呼："空虚呵！空虚！"到我打开房门为止，此前我觉得像是一个特拉比斯特会的修士③；我可以在西藏从事十年喇

---

① 《传道书》是《圣经·旧约》的一部分，是一部哲理诗和散文诗集，宣扬悲观主义思想："万事都是虚空"、"日光底下无新事"，其作者托名为古以色列国王所罗门。作者在这里幽默地说他也成了一个悲观主义者。

② 威廉·美克庇斯·萨克雷（1811—1863）英国小说家，其代表作为《名利场》。

③ 特拉比斯特会：1664年在法国拉特拉比创立而得名的基督教教派，教规以严格的与世隔绝的生活为特点。

嘛教的转动祈祷轮[1]的工作。到我上床睡觉前，把双脚在火旁烤暖和后我决定下来，要一劳永逸地一定要躲开这类聚会，我打算做一个悲哀、严厉、孤独的人。“呵不!”他们会这样说我，“你绝对不会在这类活动上找到他的。他从未接受邀请。只看看不多几位老友。一个怪人——不，倒不怕见人——就是孤僻，你明白。”想到他们这么说使我觉得有几分高兴，我上床时变成另外一个人，只是到下一天早晨又故态复萌，依然故我，准备好接受第一张送来的请帖，又围着希望和幻灭的圈子发狂地猛转。

是什么缘故使得这类娱乐如此叫人扫兴呢?不是我受到侮厚，怠慢，以至冷落不理。它不是一种受到伤害的虚荣心的表现，例如这样一种感情：出于意气消沉的清醒，我没有设法做到显得那么重要，像我历来应该受到的重视那样。我非常清楚这种感情，没有人比我更清楚，我可以轻易跟别的空虚的幻灭感加以区别开来。确实，假如在这么一个晚上，当我发表我的远见卓识时，不仅被人们瞪目而视，如果我讲我最好的故事时，连在眼前放的电影也不去注意，而这个晚上假如以可悲的厚脸皮态度可称之为所谓“成功”的话，那这种幻灭感就更加显眼。在这样的时候，虽然在会上能把沮丧的情绪加以控制，我也不禁会拿起我的小小的桂冠以及大衣和帽子出来走进幽暗的夜色里，觉得夜晚是对我的巨大无边的嘲讽，而我所有的花环已经慢慢凋谢。从天狼星和阿尔德巴朗星[2]射来的光芒只要闪

---

① 祈祷轮：西藏喇嘛教僧侣使用的一种可转动的圆筒，上面刻有经文。

② Aldebaran 来自阿拉伯语，属金牛座的一颗星，在我国天文学上名毕宿王。

烁一两下，我这个衣冠楚楚的警句作者就萎缩成一只微不足道的昆虫。再荒唐不过的事情已经不可挽回。我心情沉重地走回家。

我可以提出一种解释，虽然只不过是一种勉强的解释。可能我实际上有几分野蛮人的气味，在内心我不明白文明的习惯，它要求我们成为社会性的生物。名副其实的文明人会表现出最乐于跟人保持一种可称为熟人的关系。他们很快把可以接待的生人变成熟人，但熟练地避免一切进一步发展成为友谊的途径。在熟人之间可以见到的交往，客客气气的交换意见，表面愉快的交谈，就是这类人对人际关系的全部要求。各种聚会包括了这一类型的人与人之间的关系，而对我来说，可能因为我迷失在野蛮状态里，它就成为不令人满意的一种关系了。它要求你在内心里作为一个生人而在表面上保持朋友的情谊，它要求一切外表上的小题大做的热情而在内心绝不让你满意。我喜欢朋友也能忍受生人，但我发现处在这二者之间的人，既要求二者的权利又不愿承担二者的义务，世界上这种死海苹果①的点头微笑的供应者是如此之多。交际性聚会，我重复一遍，是由这样的人拼凑起来的。他们不纯是成为朋友过程中的生人；那甚至是我能理解的。可是不，他们是拒不作为生人同时又无意成为朋友的人。他们所要的一切是成为熟人，不过是一群初次见面道一声“您好”就完结的人。他们表现为永远在玩精心安排的虚情假意的游戏中能找到某种满足的人。假如你装得对他们关心的事情和意见感到兴趣，

① 死海苹果或作死海水果，相传死海有一种外表美丽的苹果，摘下后就冒烟成为灰烬，因此转喻为徒有其表的东西。

他们也会装得对你关心的事情和意见感到兴趣——直到时钟敲响，是散会回家的时候了。他们要求你把你的内心的一切都抖出来让他们清理，同时他们则站在一旁毫无意义地咧开嘴笑。跟陌生人在一起，要么把他们当成没有这一回事，要么对他们怀有敌意，你可以把话藏在心里，一切都没问题。跟朋友在一起你可以敞开胸怀，无所不谈，一切都更好。跟熟人在一起你既不能按前面的那种方式办，也不能照后面的办法做，有一切人际关系上的累人的繁文缛节而无它们的一点好处。一次聚会浪费我们一整晚时间，充斥这种毫无意义的熟人关系，在这样的时候我们既不能随意保持缄默，又不能跟别人真心实意地交往，这就是为什么这类聚会如此沉闷压抑的缘故。可能还有其他的缘故，但我怀疑是不是我还将发现它们，因为在本周之后——我已经答应明天晚上出去参加一个聚会，答应了就不能失约——我不想再参加任何聚会了。

六钓徒旅舍

今天早晨我生平头一回祝愿我是一个钓徒，一名真正的钓徒，不是那些半吊子当中的一员（像昨晚那个胖子说的），“他们钓一个小时的鱼，然后就要去采黑莓。”我们一边驾车离开旅舍，让湖水去懒洋洋地轻拍，在它的胸脯上还加上六名快快活活的钓徒，我一边跟自己说，由于我在整个青年时代没有把钓鱼坚持下去，因此在老年丢掉了享受这种乐趣的机会。可是也许实际是那家客店使我作此想的吧，旅店和湖算在一起。要不受一个既富有奇趣又待客周到的小旅店吸引，那可难以办到，这是集栖身之所、温暖的炉火、有吃有喝和难得的旅途终点为一身的地方。再说，大自然中也没有比湖泊更迷人的东西了。江河我一直喜爱，我也同样爱波涛汹涌的大海，这么奇妙，可是也那么使人抑郁，可能因为它似乎是我们的欲望的象征；然而这些水面平整的，可爱的，轻拍着的湖泊，具有江河与大海两者的魅力之外，还增加一点恬静、安宁和灵魂的自在，这些才真正使我心醉神迷。你在旅途经过漫长广袤、一成不变的陆地，然后拐个弯忽然看见一片地方，没有泥土而是精致地反映着天空的水面，沿着曲折不大的涯岸，湖水在那儿轻轻地起伏，荡漾——荡漾着，你到哪儿去找这样恬静的环境和优美的风光呢？祝我在一个湖边，地球的小小窗口之一，找到我的归宿吧，在这样的地方，蓝色的日光，浮云，夕照和星辰，随着湖水轻轻的调子而慢慢地消长。在华兹华斯的名句中不曾提到湖：

在星空中的那种静谧
在空山间的那种沉寂

可是我愿打赌它们是在某个湖畔写的，因为其中含有湖的精神，那种恬静的魅力，心灵的闲适。

那么，也许是那旅店和湖使我想去钓鱼的吧。昨天一整天我们都在旅途上经威尔士中部往北；这是一个可爱的地区，充满古朴好客的气氛，而很少为人所知。我听人说起过这个湖，决心到那里去，如果可能，就在湖滨度过一宵。能满足这个幻想是汽车的好处之一。我们向北急驰，然后看到群峰耸起，在我们头上天空黯然变色。我们在中途停下来休息喝茶时，谈论一次滑坡的情况，道路给最近的暴雨冲垮了，我们正是想沿着这条路旅行的，截至这时我们决心看不到我们的湖就不死心。（光凭这点精神就可以救开汽车的人的灵魂，要不然他跟禽兽有什么区别呢。）我们在地图上发现一条有几分像一条道路的样子的路线，很快就沿着它横冲直撞了。以后两三个小时可歌可泣。我担任司机，你可以肯定以后还会有一个又一个吸烟室发现我开车，一路上都有这种吸烟室[①]。在白金汉郡的一座山间，我一度用改锥把速度换

① 指沿途有吸烟室供旅客休息的旅馆或商店。

成低档，一切暂停，如何改装，这也是跟我其他的新闻同样值得一记。

大路缩成一条破破碎碎的带子，弯弯曲曲地穿过群山。到处都是洼洼坑坑，方向盘时时不过是一个嘎嘎响的金属环。群山在我们周围重峦叠嶂，大幅大幅的成为屏障的岩石威胁着要压倒我们那徒有其表的摇摇晃晃的汽车，狭窄的人迹踏出来的路径这里一弯那里一拐，每五分钟就出现一个更陡的坡。已伴随着我们一两个小时的只不过是细细的毛毛雨，随着浓黑的天色变成了一场瓢泼大雨，除了前面的几码道路，以外的一切都模糊了。我不得不打开挡风的玻璃，因为不可能透过它看到外面。大滴大滴的雨点打在我的眼睛上，所以时不时我什么也看不见。路径变得更糟，雨下得更大，车子嘎嘎地响，大声轰鸣，又跳又撞，我们互相大笑，喊叫，处于那种古怪和有几分叫人讨厌的亢奋状态，这种情况是在死神明显突然临到人头上的时候出现的。由于这条令人胆战心惊的路径延伸不断，雨又依然倾盆大下，透过头兜、便帽和上衣把我们打得精湿，我们只好死了心，到哪儿算哪儿。最后遇到一段长长的下坡路，雨也下得松一点劲。我们穿过一团雾气的裂隙开到一个灰蒙蒙的阴森地方，在这儿一旦车子像完成任务似的哼哼唧唧响过一阵后，在这儿我们听到了微微的水声。我们是在群山间的一个空谷里，它几乎完全是一片朦胧的灰色的水光。湖就在这里。又经过十分钟的拐弯抹角我们已站在一幢低矮的建筑物面前，像从池子里爬出来的狗一样摇晃着身体了。看起来它不过是三幢连在一起的褐色的农家小屋。这就是那家旅舍。

再没有更好的旅途终点了。在那一段要命的车程之后，一栋平利可[1]的公寓也像乐园似的，但这里真是一个极为难得的地方。我们仿佛一路嘎啦嘎啦，磕磕碰碰，跌跌撞撞，穿过现代世界进入另一个更加可爱的时代，在这个地方“人们无忧无虑地打发时间”。不要很久我们就全身舒舒服服地干爽了，烤着火啜饮雪利酒。我们模糊不清地瞥见几个上了年纪的男人，显然是钓徒，因为这儿满是钓鱼竿和装鳟鱼的篓子。然后，在一个灯光暗淡的房间里用餐，对小小的餐桌和来回递送一小份一小份菜肴的露着假笑的女服务员没有多话。我们看到跟所有其他的客人共用一张长桌，他们总共是六位欢欢喜喜的老钓徒，年纪最大，最快活的那位坐在首席。菜是大盖碗汤和带骨头的烧羊肉，放在其中的两位面前，他们一边切着割着，一边开着玩笑。饭菜不错，干净，普通，丰盛，同桌吃饭的人甚至更好。有好多年我没吃过这么一顿不一般而令人满意的饭了。那恰如一个人不知怎么，想法把《十足的钓徒》[2] 和《匹克威克外传》[3] 揉在了一起。屋外，薄雾在湖面聚积，远得好像是在另一大陆的腹地。夜色降临到群山之间。屋内，在亲切柔和的灯光下，我们坐得舒舒服服，吃着喝着听他们娓娓而谈，依旧有几分迷乱，耳际依旧有风雨的吹打，仿佛做梦一般。

---

① 平利可是伦敦市西南部的一个地区。公寓指一般给下层人民如工人，流浪汉，跑江湖的艺人，小贩等借宿，只借床位，不供伙食的旅店，设备自然很差。

② 《十足的钓徒》为英国作家伊扎克·瓦尔登（1593—1683）的作品，以对话的形式讨论钓鱼的知识和乐趣。

③ 《匹克威克外传》为狄更斯的小说，内容系主人公匹克威克先生及其俱乐部成员的旅游趣事。

在早晨清楚的光线下我看到一切，这是一个朝雾渐渐稀薄的早晨，湖上有淡淡的阳光，对着两位年纪最大的钓徒送来，在人人面前转一圈的煎鳟鱼和咸猪肉，嘴里流出口水。只不过是今天早晨。回想昨晚，那依然像一个梦。这趟旅行，这地方本身，六位钓徒——这整个经历与其说是一段现实生活，不如说更像对一本情节从容不迫的老式小说里某一妙趣横生的一章的回忆。我简直不能相信山谷和湖都印在地图上，客店也可以在某本旅馆指南上找到。似乎这个偏僻的地方到时候从某个小小的缝隙中滑落出来，因而时光毫无所获地匆匆而过，留给它满满的闲适，彬彬有礼，亲切友好的老派精神。它的客人，那六位钓徒并不十分老于世故。他们是或过去曾经是，我认为，中小学教师，医生，乐师，但人们只能把他们看做钓徒，永远住在这个客店里，永远在早晨溜达着走下他们的小船，在黄昏带着他们的鳟鱼回来，切着羊肉，围坐在灯光照耀的桌边交换他们的冗长而轻松的故事（像整个一章又一章组成我们比较旧式的小说的故事）。他们当中的一位，也就是掌握带骨羊肉的，已经在这里来去至少四十年了，其他人似乎记得二十或三十年前这地方的样子，也并不是他们不知道其他的地方，因为他们交换对这些地方的回忆，苏格兰偏远的小湖，爱尔兰无名的河流，只要有鳟鱼和鲱鱼。他们总是把所有的事实摆出来，一个接一个，寻找某些地方的确切方向，所有的旅店和旅店老板和向导的姓名，他们不断地谈下去，好像能活一千年，阳光与轻雾的岁月，轻拍的湖水，跳跃的鱼儿和在餐桌旁难得的美妙时光。他们让我看到在我们时代的爵士音乐的节拍伴奏下，老伊扎克·瓦尔登那么久远以前就熟悉的一脉相承和平宁静的日子。

因此我也愿意成为一个钓徒，未来某一天去重寻通往那家旅店的旧游之路，这一次我将成为他们那个集体的一员，然后多半我也安安静静地假以时间，钓出我自己的名堂。可是即便是现在，那一切也是这么如梦似真，使我有一种感觉我再也找不到那个湖和那个旅店，我确有把握相信到我白发苍苍的时候，它们早就永远消失了。

卖掉钢琴以后

钢琴终于给搬走了——十分恰当地说，是卖掉了——仅仅是弹一首歌的时间。也许是令人断肠的沃尔夫①写的吧！他为慕里克②和爱沁多夫③的诗配的曲子，像一群可爱的迷途的女郎，在一些枝节丛生的灌木林中徘徊，那是这架钢琴非常熟悉的。客厅，一眼望去空荡荡的，凄凉冷落，失去了那长长的发亮的盒子，边端闪着象牙的微光，穿过街道，他们把它，我的勃劳沃德牌钢琴用车拉走了。当我看见人们把它拉出去，收购人数着一卷肮脏的票子交到我手上时（“在生人之间镑票更好，”他说，显出他的带有怀疑口气的直率），我几乎感觉我是一个犹大④。那是两小时前的事，我现在依然感到难过。然而我们的可笑就是如此，那纯粹是为了方便才使我卖掉这件乐器的。我不再租赁这栋房子了，一边卖掉一些零零碎碎的家具，想也卖掉这架钢琴吧，因为倘若我建立新家，会有一架更新的阔气的钢

---

① 雨果·沃尔夫（1860—1903），奥地利作曲家，作品以感情含蓄复杂，回肠荡气著称，故作者有下文的比喻。

② 爱德华·慕里克（1804—1875）德国诗人与小说家。

③ 约瑟夫·爱沁多夫（1788—1857），德国抒情诗人与小说家。

④ 犹大，耶稣十二门徒之一，后出卖耶稣。

琴等着我呢。我应该高兴这件不愉快的事情终于结束了。好几天川流不息的估价人呵，买主呵，以及图点佣金的中间人呵和抢便宜货的人呵，这一串吵吵嚷嚷的人流在房子里进进出出。从配克汉姆①来的蓄着小胡子的小个子像猎狐狸一样围着这房子转悠，看样子仿佛连我脚上的靴子也想买；从骑士桥②来的大个子在我的书箱前显摆他们的黑上衣和条纹裤，以恩赐或老气横秋的态度拍拍我的椅子。我看着他们来来去去，亟想为我的财物得到一个公平合理的价钱或结束这交替地跟他们纠缠不休的一切的一切。

我们刚采取一个步骤越出常规，马上就有一个离奇的世界在我们身边涌现出来。如果我们有什么东西出卖，那也许是一张房契，零碎的家具，一架钢琴（这一切我几乎都有），于是一个从地下冒出来的世界出现在我们眼前，伦敦的深渊放出它们的奇异的怪物。这当中有收取微薄的佣金的先生们，他们不仅升到了尊严的商人的地位，而且作为中间人拿着钞票挥舞，满城奔忙。这里就有他们几位，全都一个模样，穿着蓝色的哔叽套服，既想时髦又阔气不了，声音嘶哑地对你表示推心置腹，习惯地把你拉到一个角落里，在那里讨价还价，让你发愁，每句话的末尾都称呼你一次某先生。他们的目的是尽可能压价，试图说得你六神无主。近些日子来我遇到许多悲观主义者，但一个也比不上这帮追求佣金的人。过一阵他们的伤心悲痛就让位于对事情的真心愤慨。我从来也没有遇到过这么强烈痛斥工友的人，说他们为了几个先令的工资而罢工。那得到什么结果呢？那怎么了结呢？接着他们要求你听清楚他说的

①② 均为伦敦的地段。

话，翻来覆去那几句，无非是要你时时明白他们的意思，那就是假如你不答应这个价钱，他们就会彻底破产，那是千钧一发。他们的怒气上升，他们的极其可怕的幻觉扩大，他们把这推出来，把一批工友推向毁灭，他们的蓝哔叽套服在你眼前渐渐淡出，你看到他们坐在一大堆公司商店企业的废墟里，在一大堆受到追究的责任下呻吟，或不惜一切代价挽救全国民众。在他们中断这种符咒，说："普里斯特利先生，这不是做生意呵，"然后提出一个小小的数字时，你会大吃一惊；那时他们又再一次多少以经济幽灵的姿态出现，耐心地追求那点小小的佣金，在伦敦通过竞争而求得生存。

一两个这类的人，从上到下打量着我的钢琴，用好几分钟鉴别它，把琴弦扣一两下，然后拉我到一旁，用嘶哑的低声提出它的缺点，好像怕琴会窃听到似的。这些人全是来这同样一套，不是先指出这是一台旧乐器，到处是毛病，式样也没人要，然后提出一个价钱，就是喜形于色地弹一遍——顺便说一句，这些是年纪大一点的人——然后点点头，说声音不错，勃劳沃德是一家信誉卓著、历史悠久的公司，但如今没人买钢琴了，他们没法给我一个好价钱。他们当中年纪最大的则光称赞而不买，我对他极有好感，要是我稍为富裕些，我本来愿意把钢琴送给他。他比别人拿琴弦试得更久，曲调变化也更丰富，构成一个富有感情的作品——可以取一个美妙的标题：《乐师的浪漫曲》，他流露对音乐的调子很有兴味。他说这是一架优秀的钢琴，先生，一架挺好的钢琴。但他的铺子满了，堆放不下，好几个月他都不再购进来，也没有卖出去的。我含糊其词地提醒他，年轻人布置房子总是缺不了钢琴。"可不是嘛，先生，”他接着话头说，恰像约翰生博士①的脾气，可是神气大相径庭，忧郁而愁闷，“如今他们不搜罗钢琴了。他们首先想的是汽车，一定要有一辆。然后是收音机和留声机，钢琴却不在乎，如今这些年轻人呵，一点不在乎钢琴。噢！时势变了，真的，先生。”他伤心地直对着我看，我回视他，我俩头脑里不约而同地出现一个充斥汽车和留声机和高音喇叭的同一瓮声瓮气的叫声的世界，在这个世界里受人冷落的象牙琴键逐渐积满了尘土，蛛网则爬满了一度使夜晚由于悦耳动听的音乐而显得可爱的琴弦。在那以后我们之间的交易跌到一个庸俗的低潮。我们十分和气地分手，好像两个刚离开克拉维尔②先生墓旁的人。

唉，我最后还是把它卖了。它空隆空隆地一路走了，我也接受了卖它的钱，在别的某个地方，等着我去愉快地享受的，是另一架而且是更好的钢琴。种种事情如我所计划的一样，一切十分顺利。但我不能说我对此感到快乐。我认为，我不是一个多愁善感的人。不在身边的朋友的照片不从我的卧室和书房的四壁定睛注视我；我心爱的书籍的书页间也找不到压着的早已凋谢的花朵；我的书桌上不是满摆着过去的舞会的节目单，上面还有红笔划过的痕迹，充分表现出已成陈迹的无聊举动。不，我不是一个纪念品，或那些在幽暗的薄暮依然使记忆在房间里熠熠生辉的物品的收藏家。我对那些积累这种容易得到的感情收藏品，储蓄情感的银行里的便士的人，总是抱着一种不屑的

① 萨缪尔·约翰生（1709—1784），十八世纪英国文坛泰斗，性格乐天开朗。

② 德语，钢琴。

态度。但我不禁为那架钢琴感到难过、这卷油污的镑票意味若干完整的版本的图书，或是名牌方头长雪茄，或是一两个星期在太阳下优哉游哉的生活，或是送给全家人的生日礼物，可是你毕竟无法把一架大钢琴像钞票一样夹在书页里，或用一根缎带捆起来，或像旧的剧院节目单一样塞在抽屉里。可我还是感到难过，歉疚，而且觉得有点卑鄙，仿佛我把一个很老的老仆人赶出家门。我于是自问那怎么办呢，你总不能发给一架钢琴养老金，让它退休吧。那么儿童室①呢？没有它的地方。至于让它在堆破烂的杂物房里朽坏吧，那可是最坏的下场了。不，像平常一样我做了正确的事情；可是奇怪的是有时正确的事情似乎是多么使人丧气呵。

他们很快把钢琴修整一番，这儿改变一下，那儿改造一下，它就能面貌一新而卖出去。钢琴运走后，我一直没再到客厅去，今晚我将避开它；钢琴的幽灵，一个长长的微微闪光的影子也许在那儿等着我。别的幽灵，群集在它周围，如同有时候在我记忆中发生的一样②。在一个爱好音乐的家庭里，一架钢琴绝不是一件平常的家具。即使根本没有什么幽灵，那也会留下一个好大的空白地方使我觉得仿佛标志着一章结束的句号。当钢琴初来，马上使我们寒酸，几乎是空空如也的小客厅有了气派时，我们是多么骄傲呵！“钢琴把客厅布置起来了！”我们互相说，从这个角度看看，又从那个角度看看，我是多么喜欢它的高雅丰富的音调呵，最初几天用我们雄心勃勃的右手，和我们无

① 英国人家中专供儿童游戏、吃饭的房间。

② 这里作者是指其他卖掉的家具留在他记忆中的印象。

把握不熟练的左手激动地轮流弹奏普塞尔[①]，巴哈·斯卡拉蒂[②]和莫扎特！然后在星期日夜晚，在四道点心和真正的勃根第酒之后，我们让朋友们聚集在钢琴周围，E哼着她可爱的沃尔夫所作的小曲，G高唱勃拉姆斯和俄罗斯作曲家的作品，爱德华则引吭高歌他的舒伯特，佛兰克带着微笑倾听，一支曲子也不漏，我呢，笨手笨脚地伴奏，偶尔在大家合唱时，用男中音加入一个！如今他们当中的一个在千里以外，另一个呢这些日子来从没见过面，另外两个我永远见不到了，他们的声音永远沉寂了。这么多人已经走了，钢琴也完全可以走了。我将数数我的钱——翻过这一页。

① 亨利·普塞尔（1658？—1695），英国作曲家。

② 亚力山德罗·斯卡拉蒂（1659—1725），意大利作曲家。

衬裙巷

在我从上阿尔德盖特街一拐弯转入密德尔赛克斯街的一瞬间，冬天伦敦星期天早晨的那种奇特的烟雾朦胧的冷清状态就给驱散了，仿佛爆炸了一颗巨型炸弹。对任何记得密德尔塞克斯街以前叫做衬裙巷①的人，这似乎并不奇怪，每个星期天的早晨它依然是衬裙巷。开头我除开摊子的顶部什么也看不到，因为我是插在人群当中的。我们推推搡搡，他们也推推搡搡——不是怒气冲冲而是平心静气——我们慢慢地挪动，达到一分钟推进一码光景。然后人群一下子稀疏起来，我觉得自己给挤到外层来了，一个小个子男人摇晃着一根花里胡哨的吊袜带，离我的鼻子不到六英寸，"瞧一瞧呃！"他正在吆喝。

逃开这一串串吊袜带后，我加入到在一个外表衣衫褴褛的人面前的一群人当中，他正在以令人吃惊地高昂而气愤的声音说话。那天早晨他没有修面，或者前一天早晨也没有，既没有戴硬领也没有打领结，可是他的摊子上几十只金表闪闪发光，离他肮脏的拳头不断砰砰敲打不远处是一堆钱，整整的一堆，英镑为数不少。在他的外表上看不

① 衬裙巷，伦敦东端（原贫民区）的旧货市场所在地，在星期日设市，其热闹情形在作者的行文中可见。

出地道的犹太人的特色，可是此前我从未听到这么重的希伯莱语口音。要是听见他说："这些手镖（表），"你会发誓他这是存心这么说。"在西豆（端）①，你买这样的镖要付六培（倍）价钱。为什么？我可以肯定告诉你。"他气得不行地叫嚷，"因为他们通通是强盗。"我一点也不怀疑，此君在情绪柔和的时候准会毫不犹豫地称你为"亲爱的"，同时却念成"尽哀的"。

我曾经以为这种口音在世界上再听不到了。确实，除开在上世纪三十年代和四十年代无聊的小说，早期的狄更斯与萨克雷的作品，《瓦伦丁·沃克斯》② 与《一年一万》③ 等等中我从未见到过。可是说真的，我可能一下子给投入到这类小说的一章当中去了。在我还是一个少年，睁着眼睛看克鲁克香克与"斐兹"④ 的旧插图时，它们是那么离奇古怪，又那么人物众多，同时又是这么荒诞有力，我以为伦敦大概是像那样了，但后来我断定，这些旧插图没有一点是现实主义的，它们仅仅反映他们自己创造出来的神话里的侏儒国的某些活动。现在我明白我错了。我愿意相信他们确实画的是他们当时的伦敦。每个星期日的早晨，在衬裙巷的那个伦敦依然保存下来。我挤进了一幅斐兹所画的街道之一——它不单是拥挤，而且是"爆满"，不单是挤满了普通的人，而是像滴水嘴上面貌古怪的怪物，

---

① 西端是伦敦有钱人的住宅区和繁华热闹的商业区。

② 全名为《口技家瓦伦丁·沃可斯》，亨利·柯克顿（1807—1853）作的一部小说。

③ 萨缪尔·华伦（1807—1877）作的一部小说。

④ 克鲁克香克与"斐兹"（真名哈布罗特·布朗），为狄更斯小说插图的画家，风格带有漫画意味。

肥胖得畸形，瘦削得像蛇麻草蔓的支杆，弓腰曲臂，毛发蓬松，面目憔悴，凶恶奸诈。这个家伙供应果汁鳗鱼，那个斜视的快活男人，用小小的锡制玩具长号为一台廉价的留声机上放的唱片伴奏，一个摇摇摆摆，跨着大步的女人把一碟碟青翠的豌豆送到我面前，那个卷头发的犹太人正在把一条裤子烫平——以前我们在哪儿看到过他们呢？噢，在那些稀奇古怪、潦潦草草的插图中，这么多年以前，半令人神往，半使人反感，在《尼古拉斯·尼克贝》① 和《奥列佛尔·屈斯特》②里面。

全部旺盛的劲头依然如昔。做买卖的市场变成了万魔殿③。人人几乎都给一种狄奥尼塞斯④式的狂热迷住心窍，只要他有东西可卖。一排又一排的人卖大衣，我的目光一旦接触到其中的第一件，我就得马上感谢老天爷这件大衣已穿在我身上了。如果我没有呢，他们会立刻对我猛扑过来，硬把我塞进一件他们的“漂亮的套袖大衣”⑤ 里，一边直嚷嚷：“我跟你说十八先令，原价十八先令，算十七先令也成，这件大衣十六先令再不能少了！”在我前面的一名青年给硬穿上一件，并被强迫买下，后来我看见他穿着这件大衣到处溜达，脸上犹留存茫然的神情。一个小个子，圆礼帽戴在头上只看见鼻子，正用一把剃刀把裤子狠狠地裁成一片片。我不明白他为什么这么干，可是好像谁也不

---

①② 《尼古拉斯·尼克贝》与《奥列佛尔·屈斯特》（一译《雾都孤儿》）均系狄更斯的小说。

③ 万魔殿系英诗人弥尔顿的长诗《失乐园》中所描写的恶魔撤旦与其部下所在的地狱宫殿，此喻闹哄哄的秩序混乱。

④ 狄奥尼塞斯：希腊神话中的酒神，比喻极其热闹。

⑤ 一种宽大的袖缝直到领部的外套。

觉得奇怪。卖浅红色大花瓶的人拿大锄头敲打它们。一个卖磨剃刀带的人外貌像杀人的疯子。汗珠从他的脸上流下来，一只手绑着绷带，血迹斑斑。“首先我要去掉这把剃刀的锋芒，”他狂吼道，在一阵盛怒下，他拿起剃刀向一块木头劈去。后来我走过时，他正在叫嚷：“这条剃刀带的主要成分是金刚砂。已知的最硬的物质。划玻璃，玻璃！”接着，一阵碎玻璃雨落在他周围，透过玻璃雨你看到他的眼睛射出狂野的光。

那是一个寒冷的早晨，但众多的卖糖果的年轻人还光穿着衬衫，而且样子看起来热得难受。“不是一包，”他们以一种狂喜的声调叫嚷着说，一边漫不经心地把一包包巧克力和黄油硬糖扔进纸袋里。“不是一包，不是两包——不是三包——而是四包！下一个谁要？”每当这些人喝饮料时，他们不断地对着瓶子喝，无疑这些饮料都是来自街道对过的海曼·伊斯比茨基餐厅的，就听见一种嗞嗞的声音。两个年轻的犹太人向我们兜售刀叉餐具，他们说是从一场大火中救出的。为了证明他们说的不是假话，他们卖力地把一叠叠有点烧焦的薄纸在这地方撒得满天飞。一个个头很大的大汉在叫卖“半美元一件”的套衫，你开头一看还以为是在打架，后来从外形和声音才弄明白。所有卖长筒丝袜的场合都像是一场骚乱的中心。你看到袜子在成堆的人头上挥舞，然后听到一个声音，从那狂热的声气判断，也许以为它在预言伦敦城的毁火。“它不是废品，”我听到这些宏大的声音之一狂喊道。“看一看嗨，摸一摸。我是卖过废品的，顾客们。前些天我以三便士一双的价钱卖过。它们是废品。我承认。今天是货真价实，一双一先令。”甚至你的鉴定和命运已经决定，仿佛最后的审判日已经降临，我看见三四位算命先生（都穿着硕士服）正在给他们的受骗者进行总结，把他们的预言以惊人的速度乱涂在一张纸条上使劲扔给你。

法国大革命的第一批军队绝不会知道似乎有比鼓舞所有这些狂热的推销员的民主精神更具战斗性的了。“我不管你们是谁，”他们人数众多，一次又一次叫吼。不管他们是卖浅红色的花瓶还是奶油巧克力，或是表，大衣，机械玩具，长筒袜子，奶酪三明治，他们不在乎我们是谁。所有这些商品在别处都有卖的，尤其是在西端，价格是如此高得吓人使推销员一想起来就重新冒汗，当他们开始历数这些地方的商业丑闻时，更是力竭声嘶。在一阵公平交易的热情中他们在我们眼前摇晃着执照和种种文件以证明他们所说是实话。他们掏出一大把钱显示他们并不是仅仅为了赢利。他们不在乎我们是谁。

在所有这类乱哄哄的喧嚣与骚动里，发现一小片安静的地方，一个哑巴推销员，那是奇特的。我看到一大帮人，外表上精神非常集中，围着一个没有声音的摊子，我出于十分好奇，挤进去观看究竟是怎么回事。那是一个堆满了各种各样旧手套，从高贵的长皮手套到最脏的戴到变形的棉手套，应有尽有，人们都平静地忙于翻看，试戴，同时摊主，一个身材特高的瘦子，神情沮丧，坐在那里睁眼看着出神。这里那里到处我都遇到小个子褐皮肤的人，从某个不知名的东方地区来的，一动不动地站着，胳臂上挂着便宜花哨的围脖。他们不说什么，我也没看到他们卖出什么。他们只是看看我们，看看衬裙巷，他们的眼睛是一个漆黑的谜。再就是所有的人当中最为面目不清，也是最没有希望的人。我只记得一顶帽檐下垂的便帽，下垂的小胡子，下垂的下巴——他的货物，包括三本有光泽的红薄面的笔记本，每本都贴有“特大记事簿”字样的标签。我是当时当地注意到有此君存在的唯一的人；谁也不要买一本特大号的笔记簿，他的沉默，他的整个态度，暗示出他像我一样自己也不明白。我想象出他带着他的三本特大号笔记簿慢吞吞地回家的情景，那是一个文具商的最朦胧暗淡的幽灵了，“我不管你是谁。”他们依旧叫吼着。可是我很想知道他是谁，他曾经去过什么地方，他做过什么事情，——衬裙巷这位倒霉落拓的不说话的朋友。

大众化价格

任何东西你若不盯着看，你若不仔细听，也不是对它的一切认真思考，这个地方就显得棒极了。有不止一个而是许多这样的地方的时代，城市和民族是有福了！一个钱包里装着十八便士的姑娘就可以拿伊丽莎白女王从不知道或是会羡慕的派头在这里用餐。有的英雄豪杰曾征服过半个世界，劫掠过一个又一个整整的王国，却从未享受过这样的奢侈。这些人的祖父母们就为了看看这样一座巍然耸立，光彩夺目的殿堂，就为了瞠目结舌从外面看看它，会情愿长途步行到这里来。一想到大踏步进去点几样自己向往的菜肴品尝品尝的念头会使他们头晕目眩。像这样的一个地方让你随意享受！吃上你喜欢吃的美味佳肴而只付六便士或一先令！那看上去值一个几尼[1]，对女王，电影明星和伊朗国王也照样合适。昂首阔步进去，旁若无人，吃它一先令！那他们会怎样张嘴结舌呵！可是在这里他们的孙辈，他们的曾孙辈，成百上千，他们当中没有一个是特殊人物，然而全都穿得整齐体面，又笑又说，点这吃那，简直成了这地方的主人。实际上他们也是如此。他们知道

① 几尼为英国旧金币，值21先令。

这地方是为他们盖的。

做梦似的打量着它，我再说一遍，这地方看起来真棒。它使我的词句都支离破碎了，无法形容，我一度成了一个名副其实的现代派作家。下层的大理石大厅，高高地堆着夹心糖和蛋糕，好像我们刚刚洗劫过东西印度群岛的城市。电梯和楼梯全都像派丁顿①那样热闹。地毯，镜子，成千上万的灯盏，那是一层又一层，层层都有。餐室里，没有一张椅子空着，大量大量的桌布。女服务员穿着黑白相配的整洁的制服。经理的助理们，经理们，这么尊严，这么讲究礼貌，这么庄重，这么衣着精美，但又不显眼，向埃及人，市侩庸人，一份一份烤猪肉一视同仁地投以平静的目光。

想想印得密密麻麻的菜单吧。这里确实没有夜莺的舌头，孔雀的脑髓，可是甚至尼禄②也绝不知道食品的花样是这么丰富。太阳底下凡八便士，一先令，一先令六便士，或两先令能买到一份的食品几乎都有。只要花几个铜板，一千把锃亮的茶壶当中的一把，你就可以享受它一个小时。你可以用一把发亮的叉子吃法国或维也纳糕点，它们像十八世纪的奥地利亲王一样，品种丰盛，花样百出，色彩缤纷。

各种味道的冰淇淋，巧克力的，香草的，黄油的，以吨为单位，今天早晨刚送来。你可以花三便士放开龙头接温热的咖啡。这还不是一切。压倒种种嘈杂的声音，比名贵的香水气味，维也纳糕点和姑娘们漂亮无比、既红又白

① 派丁顿：大伦敦市西北部的市区，现属西敏寺区。

② 尼禄：罗马帝国皇帝，暴君，以荒淫奢侈著称。

的脸蛋更引起人们美感的——是乐队。不错，这里也有音乐。它来自一个像海顿老爷子①曾经以为由于他的交响曲而大得异常的乐队。你随时可以听到它的演奏，从你坐的地方也可以看到它，能瞥上一眼那整洁漂亮的指挥和黑皮肤的第一小提琴手。现在他们坐在“巴比伦的河旁”② 乱弹。他们演奏完毕我们鼓掌，指挥转过身来，把闪闪的目光投向姑娘们。一个多好的地方呵！

在我们冷静下来之前，还有时间对这整个成就感到惊异。这是新的民主——工业文明的富有特色的产物。这是一个行星的重量可以在把原子分裂的室内计算出来的时代。我以为这一令人惊讶的机体的基础实际是某种数字的魔术。在管理部门的某个地方，在灯光、大理石和餐巾的背后，在成千的年轻女服务员，年轻的女出纳员，经理，小提琴手的背后，在闪烁发光的糖果，糕点和土豆烧肉的大锅，成车的有色冰淇淋的背后，有一些人，他们正在用一百万的四分之一，和一法星③的几分之几，大玩杂技，他们知道用多少度电力可以蒸好一个牛扒腰花布丁，一名女服务员（六英尺四英寸高，身体健康状况一般）需要几分几秒捧一个盘子从厨房的电梯走到最远的角落里的餐桌。你也许可以这么说，在地下室里有一位科学家。

在早些时期，上述一切没有一件是办得到的。在十九

---

① 海顿（1732—1809）：奥地利古典乐派作曲家，在音乐史上因辈分高，作者因此戏称他为“老爷子”。

② 巴比伦的河旁：典出《圣约·旧约》的《诗篇》第 137 首。犹太王国被巴比伦所灭亡，犹太人被掳往巴比伦，因思念故土而哭泣，出于哀痛而歌。这里作者或指餐厅的水池。

③ 法星，英国旧时的一种硬币，约值四分之一便士。

世纪这些人会去昏暗的小咖啡店，小饭馆以及这类地方。这种奢侈，这种花样，不是供他们这类人享受的。他们的先人（也是我的）在这样一个地方会不知如何是好；对闪光的大理石大厅他们会张嘴结舌，抓抓脑袋，然后到某个散发烟臭的卖淡啤酒的酒店去用力嚼他们的面包火腿。可是现在是二十世纪，他说："我不要那位先生的几尼，我要你的便士。你们的人数一大帮，你瞧。把你的便士给我，我为你创造奇迹。看哪，这是报纸，你懂它印的每个单词！这是电影，是为你拍的。这是一座豪华的白色建筑物，你可以在里面喝茶。"他们就在这儿，坐着享用他们的"块块片片，卷子丸子，蛋糕和茶"，对谁也不羡慕。他们是腰缠奇妙的便士的老爷太太，堂堂正正吃喝的平民百姓。

我愿说我喜欢这一切。我不是——如这么多的作家看上去那样的——一个古老而显赫的世家的末代子孙，不是因为取消了最后的抵押品的赎回权而从事写作的，也没有因为回忆起伊丽莎白时代的庄园而苦恼。我的祖父，一名坚韧的约克郡工人，当地合作社在它的艰苦奋斗时期的名誉司库，非正式的肉食鉴定员（他总是在星期六去买带骨肉），是不敢踏进这个地方来的。这些人，他们之间的差别是微小的和偶然的，是我的祖先或至少是他们害软骨病的伦敦版模型。我心里想到这一新文明就感到温暖，它容许人人，除开那些最穷的，都可以舒舒服服地甚至奢华地坐在这里，全都干干净净，穿得体体面面，点要饭菜和饮料，而且知道都是他们的财力能办得到的。他们生着闷气，羡慕有钱人的日子已经迅速地成为过去的社会历史了。可是，终究到来一个时刻——那就是现在——这时人不能再作脱离实际的狂想，目光坚定敏锐，也不为好听的言词分神。

问题是，那一切是这么虚假。在这些令人惊讶的数字栏之上，这些数字确实是真的，构筑了一个大骗局。大理石大厅不是真正大理石的，而是赝品。糖果糕点是做来摆看的。在菜单上的所有那些一百零一种名目——它们看起来满不错，但是尝起来好吃吗？有营养吗？不是这样。我的意思不是说食品恶劣，但不管怎么说，它们肯定不是货真价实的优质食品。像这样一个地方，经理部门会十分明智地不用任何美化的欺蒙手段，但明显的菜肴的原料是在什么地方作为便宜货抢购而来的（我祖父对肉所发表的意见并没有印行）。那些豪华的糕点是陈列品而不是给品尝的。服务态度只从远处看还不错，在细节上就不能保证了。

可能没有什么脏的东西，可是也没有真正清洁的东西。茶和咖啡总是撒在碟子里。食品斜堆在盘子上。只有在餐厅另一头的台布才显得崭新。女服务员经不起一再细看。她们粉搽得太厚，营养不良，她们显得不很结实健康；她们的工作太重太累；有暗示说她们最终总要结婚，她们养育的婴儿会有毛病。经理助理不是那种想跟他们建立友好的关系就可以做到的人；他们外表显得油腻不干净，既卑躬屈膝又仗势欺人。顾客们也不是人们开头想象的那么整洁、健康和快乐。太多的上了年纪的人看去有病或面带愁容，太多的年纪较轻的人看去粗俗轻浮；所有的青年妇女，对乐队鼓掌的姑娘们，用廉价的化妆品把自己堵得出不来气。甚至乐队本身也不行。它的音乐不是真正的音乐，不过是即席演奏；不像老老实实的音乐家应该表演出的那种水平。比方说震音吧，岂不就是那用音符制成的糕点？唉！——难道这就是新文明吗？走进这个地方我们是到了借方还是贷方一栏呢①？我们是胜还是负呢？让我们到外面去讨论吧。

① 借方与贷方都是会计学术语，这里指得失。

人满为患

我已经断定我再不能享受到逛伦敦的乐趣了，即使短暂的游一次也不行。我以为是看马戏团的经验使我下这一结论的。前些天我们一到首都就想去奥林匹亚[①]看马戏，而且下定决心当天下午就去。我们从未想到预购门票。午饭后我神气十足地在西坎辛顿下车，我们脑子里尽想的是马戏表演的场景，内心由于预计可以看到马戏，喜孜孜的仿佛在哼着歌曲。就我来说，我一心只想看到节目单上预告的上百个小丑。职业的滑稽演员和滑稽表演，这些时候以来不大能看到，跟人们非常熟悉的其他非职业性的滑稽表演，糊涂虫的认真的滑稽动作相比，会是使人耳目一新的变化。我想象我们欢欢喜喜，溜溜达达进去，不知不觉地坐到了舒服的位子上，被热情的小年轻包围，下午的观众中常常是他们占了大半成。然而在我们到场时，似乎正在进行一场革命。奥林匹亚受到冲击，仿佛它是巴士底狱。人潮蜂拥而来，还有大批大批往前挤。穿制服的服务员，嗓子沙哑不堪，小胡子上了蜡，样子像马戏团班主的穷亲戚，高声叫喊说那天下午的门票全卖光了。尽管他们热心

---

① 伦敦的一个用做展览游乐的场所。

地重复，成千上万的观众仍旧包围着售票处，多半希望预定到下星期的座位。明摆着我们来迟了好几天，觉得未免呆傻，像在这种情况下人们总是采取的那种办法，我们退回到西坎辛顿的熙熙攘攘的人群中，既没有看到小丑，心情又不舒畅。

这一经验产生的情绪，我在整个小住期间都没有恢复过来，明确证实了我好些时候以来就抱有的怀疑，使我忽然明白为什么我对游览伦敦愈来愈不感到兴味。这个地方人太多了。当然谁也不期望伦敦市空荡荡的（要是这样多么可怕!）；人声嘈杂，摩肩接踵，不相识的人的人流，是跟人们对伦敦的印象分不开的，也确是它部分吸引人的特色；我在这里不是嚷嚷要求整个街道凄凄冷冷，戏院空空荡荡和餐馆无人问津。我不要整个城市就供我一个人享受，即使在我内心深处认为如果必要应该为我提供。但总有一个限度，越过这个限度，令人舒畅的热热闹闹就变成可憎的人满为患，那不是提高我们的兴致而是剥夺了它。我们的游兴给挤走了，在我们寻找娱乐的时候受到乱推硬挤和烦恼折腾，那还不如去工作好。我感觉这似乎正是伦敦现在出现的情况。没有多少年前，使街道，公共汽车，商店，戏院，餐馆显得生气蓬勃的人口恰好足够，让伦敦运动起来，有声有色，有强烈的吸引人的趣味，因此人们觉得是在这个世界的都会里寻欢作乐，享受带有刺激性的群居乐趣，同时又有广阔的空间以便放心地活动，欣赏，没有必要推推搡搡，定座，抢餐桌。可是现在看来——也许是我胡思乱想，因为我没有数字作依据；可是事实上——那种愉快的情形不存在了，年复一年，似乎有愈来愈多的人走在街上，待在商店的柜台前，跳上公共汽车和地铁火车，挤满戏院，旅馆，餐馆和茶室。

这些人，他们究竟从何而来呢？我想象不出；可是他们就在那里，而且愈来愈多。我发现去伦敦的火车这些日子以来挤得够呛，在白天不管什么时候，我放胆走进某些街道，例如牛津街和坎辛顿上街，我简直动不了，人群是这么稠密。如果我想去剧院，要么所有的座位几个星期前已定光，或者剩下后排到头几个位子。即使在下午也客满。我在最后一刻找到一个舒服的位子的唯一机会看来是要靠我自己写个剧本让它上演。不管我待在哪个旅馆，几乎没有挑选房间的余地，休息室从早餐到晚上人总是多得难受，中餐是对桌子一顿乱抢和菜卖光了的使人泄气的解释。茶点时间看不到丝毫安静与独处的机会。便餐是另一次冒险，使人想到与其说是吃饭的安详和崇高的时刻不如说是赛马会和争夺奖杯的决赛。当夜宵的晚餐想也别想，因为到时候人们无心在喋喋不休，张嘴打哈欠，拥塞的人群中挤来挤去。即使因为突然讨厌这一切我决定匆匆忙忙赶下一班火车回家，那也没有出租车送我去车站。送我回乡村的火车依然挤得不舒服。那好像人人跟我一样，决定在同一时间离开此地，可是如果我再度回来，他们也回来，决心挤进同样的一些街道，在我到来之前塞满剧院或饭馆，同样决心不在家里吃饭或消磨夜晚，不上床睡觉，以便不丢掉任何一件游乐的事情。他们从哪里来的呢？他们是谁呢？他们为什么不去工作，或去看看一个生病的朋友，或是去远方度假呢？为什么逢我到伦敦来他们就愈来愈多呢？

我一回到乡下，报纸就报道人们从伦敦离开了，人口“下降”，剧场经理和餐馆老板就诉苦，可是在我下次到来时绝没有任何显示有人已经离去或是人数“下降”的迹象。

我从来不喜欢拥挤，如今觉得愈来愈讨厌。如果我的乐趣取决于在人堆里推推搡搡，或依赖眼明手快，捷足先登，我宁愿不要这种乐趣。假如我发现天堂拥挤不堪，人们排着长队等候发给翅膀或竖琴成为天使①，我愿意要求除名；可是在天上秩序肯定维持得要好些，人们会在地狱保持拥挤。我可以独自想象出一个非常不妙的地狱。那将是一条长长的没有任何岔道的牛津街，人人被迫不断地移动，除开某些魔鬼装成的矮矮胖胖的中年妇女，她们都打着伞，举着手肘，老是转动着身体，站在那里睁着眼东张西望。所有的食品和饮料不得不在便宜的茶室购买，大商场都可悲地缺乏服务的人手，冒着人群的热气。整天，浩大的人群在这种可怕的拥挤中挤进挤出，任何没有加入这个队伍的人就使劲挤进去，一层层挤开一条路，站在位子一旁等候，然后几小时地一个劲按铃，最终既没有吃也没有喝地走掉。可是根本无家可归，而只有这条拥挤的没有尽头的大街，晚上这个命运注定该受罪的人，将近成为一个疲倦的骨头架子了，不得不去一家旅馆找住宿的地方，旅馆数以千计，通通是庞大、便宜、肮脏的地方，十有九家总是客满，这个倒霉的人不得不拖着双腿，一家一家去打听，问那外表上的看门人和接待员，实际上的魔鬼，迎接他的是冷嘲和干笑。最终得到的房间却原来是窄小的角楼，不是热得要命就是冷得要死。在人群当中从来找不到一张熟悉的面孔；整天这些面孔乱嘈嘈地走过去，使人感到恶心，苍白的，粉红色的，长的，短的，有小胡子的，没胡子的，鹰钩鼻子的，大鼻子的；但是从来看不到一张熟悉的面孔，

① 西方天使的形象往往是抱着竖琴在天空飞翔，故作者如是说。

一瞥友好的回视，和对你的一个回报的微笑。这，我认为是一种安排得很巧妙又可恶的接触。但这就是跟天堂有别的地狱了。显然在不多几星期之后，人们会对人群感到这么厌恶，突然尖声呼喊，表示他们对周围的人群的憎恶，一下把自己投入它的最密集的地方，决心杀人或让人把自己杀掉，两种办法都可以。他们要把痴呆的面孔当中的一些打碎，要想发作一阵可怕的撒野，随之，激怒的群众加以报复，然后愉快地忘掉。但自然他们没法实现这些事情。他们愤怒的叫喊不会引起注意，他们的打击也不会受到行人的重视，因为只不过一场装模作样的表演罢了。什么也阻止不了形形色色的面孔的行列，阻止不了推搡拥挤，以及蜂拥而来的人群。我想“人满为患的地狱”也会在地狱区的等级上占有一个应受尊重的地位。

住房问题

我一直纳闷是不是这二十一万七千幢新房的大部分都像一路上已经盖好的那种样子。它们确实非常难看，正方形的小盒子，看起来好像钉在地上似的，这么丑陋，甚至时间也绝对美化不了它们。岁月如驶，日照和风雨给墙垣屋顶抹上一层色泽，藤萝爬上屋檐，这些房子会成熟一些，但是它们绝不会变得美观。理所当然，我们要在这儿大声疾呼注意它们的可憎面目。我们自己的房子有极大的魅力，因为它们不是适合我们需要的古老的农舍或茅庐，就是由艺术家设计的住宅，因而我们就可以围坐在修剪过的草地上或老橡树的枝柯下一起喝茶，我们以为它们全都比瞪眼看着我们走过的那些难看的小房子优越，而且对之也非常生气，它们就像是一度被请来参加一个隆重宴会的爱吵架的穷亲戚，可是也有另外一些人——当然是那些我们不请来喝茶的人——他们对这些房子感到满意而兴奋。他们在夜晚睡不着觉直想要有钱住上一幢才好。你明白他们和她们多年来一直跟丈人或小叔子住在一起，现在还如此，挤在两间斗室里，可能日子非常不好过，小小的争吵不断发生，要是想邀请朋友来坐也无法实现，碰上丈夫患流行性感冒或妻子又怀了孕，情况就糟得似乎值不值得活下去都成了问题。如今他们也许能搞到一个属于自己的地方了，一个可爱的地方，厨房里有一个正经的水槽，还有一个可说是浴盆的玩意儿，只要有钱就能买下来。所以他们就去这些新房子看看，把它们看成是指向一条生活的光明大道的路标；同时我们其余的人，既够幸运又够精明，把自己安顿在舒舒服服而又风景如画的条件里，匆匆走过这些难看的用砖头盖起来的小盒子，去请教牧师太太或布朗少校，是不是这些房子实际还不那么太糟，是不是还有办法可以补救。

你会注意到，甚至一个本地的建筑师也能把我们的脑子突然变成一块战场，对美的渴望跟我们共同的人类同情心在这里打仗。倘若盖起更多一些这类房子，那么这个地方就不再让人看起来愉快，而更多一大批则会使它可憎；可是另一方面，大批人民却有机会最终住得体面和舒服些。彻头彻尾的审美家，他承认除开他自己的精致高雅的美感外什么也不关心，尽管农舍里挤满不幸的同胞，也愿意让风景不受损害。我们其余的人，由于不是由这样坚硬闪光的材料构成的，免不了要觉得人应放在第一位来考虑，他们的种种幸福和痛苦比满足我们自己的某些美感来得更重要；我们似乎觉得那另一种想法，跟拒绝救人一命只因为他长得面目可憎不分轩轾。假如我们肯定知道这样做可以使住在里面的人生活上过得去，那么哪怕让整个国家丑陋可憎我们也应感到满足。然而我们也知道如果国家跟美毫不沾边，到头来也不会有人真正快乐幸福的，因为美好生活的某一部分会永远失去。这样我们就再一次发现我们面临的不是一个问题，而显然是一个难以解决之谜，它使我们的心灵陷入许多迂回曲折的路径。（这些谜是那么多，至少我已经根本想不出什么好主意；有时候我觉得我们被迫不得不用新的方式重新考虑一切。）别人听任我们对使我们苦恼的时代大声埋怨。可咒的怨气呵！

但是让我们回到难看的新房子上来吧。有没有可能把听任人们没有自己的住房和毁坏风景这种矛盾加以调和呢？这些房子大半必然都这么难看吗？我把问题留给城市规划专家、建筑师和建筑工人去解答吧。我能说的是我不理解为什么如今存在这么一股普遍的盖小单体型或半单体型房屋热。是不是人们不想住别的类型的房屋呢？如果他们不愿意，那么我也就不再替他大发感慨了，让他们和她们跟大舅子小舅子，公婆去待着吧。我确信是这股风应对盖起这类大量丑陋的房屋负责，也就是这个原因使乡村撒满砖盖的小盒子。甚至这个满是单体型别墅的比较有气派的郊区，它们本身不一定丑陋，但只因为它们的外表看来零乱，又没有规律和不显得端庄，总是使我泄气。再者，它们占用了好几英里的良好的乡村地段，牧草地，灌木丛生的荒地，林地，使城市以最枯燥单调的方式继续不断地延伸分散。我喜欢城市也喜欢乡村，但是我必须老实说我不喜欢这种半城半乡的玩意儿，非驴非马，山坡上别墅发狂地星罗棋布，每幢别墅都题上一个毫无意义的名称。这些小小的台地，新月地，等等，有什么毛病呢？它们准是易于构建，也肯定好看一些。我们先后大半都在其中住过一阵，没有发觉按这类计划盖的房子产生的问题。确实也有人告诉过我它们有某种好处，比较容易暖和等等。我认为自大战以来盖的最好的小型房屋，模范式的建筑，是根据下列计划设计的，把它们安排在短短的台地上或一个广场的三边。这是文明人应该居住的方式，而不是把他们安置在一栋栋丑陋的单体型小房子里。那么这是不是启发我们那就是过于拥挤跟布满砖盖的小屋的乡村之间的一个折衷办法呢？我出自我的无知，感到不满足地提出这个问题。

这里又出现另一个问题。我们怎么才能摆脱老是谈房子也就是住房的问题呢？是不是因为我们这些谈得这么多的人偏巧住上了舒服或过得去的房子呢？我不准备谈我自己的家庭有多大，也不准备谈我们使用多少间房子，不过我愿意说假使这些房间的数字减掉一半，我的生活则会很快大不一样，我的观点也会大不一样。那意味我永远也逃不开我的家庭中别的成员，他们也逃不开我，那会极少有机会或没有机会安静地思考，甚至交谈，倘若我老待在家里我的脾气就会总是紧张不安，一触即发。过一个时候我既不愿自己待在家里，也不愿请别人到我家来。在乡村人可以凑合待在一幢小小的茅舍内，因为大部分时间是在室外度过的。可是在大城市，生活在一幢蜗居，三四间斗室里，那会受不了。要么种种感觉会迟钝，要么生存成为一种苦事。在我过去住过的西莱丁市——像那样大小的城市在北方的工业区或中部地区数以百计——在当地有的区域人叫做“工厂的后背”，在这类地区有一排排被称为所谓“过道房”的房子，它们是按计划盖起来的，这样的计划让承包商在比较文明的地区通常由两栋房子占有的地皮上盖四栋。这样，这些住宅背对着背，只有一个门，照例不超过三居室，一间起居室和两间卧室。这些房子一直没拆掉，还在那里，遍布北方和中部①，我想。上郡立学校的孩子们，在学校里教他们唱歌，甚至教他们念雪莱②的诗，就

---

① 指英格兰的北部和中部。

② 雪莱（1792—1822），英国浪漫派大诗人，其作品空灵俊逸但有些晦涩抽象，比较难懂。

住在这种房子里。他们毕了业还继续住在里面，只有少数人能脱离。

基础教育的目的之一，我认为就是提高小学生的素质，使他们对美与丑比较敏感。要是我们考虑到孩子们不得不回到那些房子里去，这似乎有点儿是个卑劣的花招。在一个必须跟家庭所有其余的成员共享的房间里，而且种种叫人操心又经常是闹闹嚷嚷的琐事也有你的一份，那是很难把雪莱的作品读下去的。如果你从来不是一个人独处，那很难过一种敏感的生活。我想倘若我们当中大部分人跟一个人口日益增加的家庭住在这样的房子里，假如我们是妇女，那就该对许多事放手不管，假如我们是男人，一有机会那就会溜出去找啤酒喝。肯定地我们不是变得迟钝就是满腹牢骚。我猜想缺乏两三间一个年轻的男人或女人可以在其中安静地坐坐，读书或遐想的房间，其后果是造成一个又一个革命家，就像它已达到造成一大批酒鬼的地步。有那么几个满腹经纶的先生，坐在三十英尺长、十五英尺宽的安静的书房里，考虑下层阶级的不满，我很想拉着他们的手，领着他们进入这些三居室的房子之一，请他们跟一个吵吵闹闹的家庭同住个把月，一个月就够了，我想。在这段时间的末尾，他们不会比以前更有办法解决问题，不过有些事情他们是会了解的。“人类的一切活力看来都非常不错”，斯圭尔君①在他写房子的一首好诗里这么说。

对了，他们或许甚至也得出这个结论。

---

① J. C. 斯圭尔（1884—1958），英国作家，一战前开始活跃于英国文坛，著作甚丰。

花 展

那是我们一年一度的花卉、水果和蔬菜展览，也是一件大事。照你看也可说算不得什么大事——因为你只看见田间两只大帐篷——不过你问问昆斯，我们的园丁吧。这四个星期来他一直光在考虑和谈论这件事。你会在其中的一只大帐篷里找到他，外表特别干净（个子反倒有点儿小了），全身一崭新。我们——也就是说，昆斯和我们的园子获得了九项奖，包括葱头的头奖。昆斯容光焕发。他从一开始就想取得葱头的头奖，部分原因是那已经连续十七年为一个人，住在车站附近的斯努格先生所得。部分原因，我怀疑，准是因为他一天晚上在“水漂”酒店里当着众人从各方面谈论他的葱头的缘故，把它们有趣地吹了一通。所以他着手栽培“爱尔莎·克雷格”（这是我们的女英雄的姓氏①），以打破斯努格先生保持了十七年的纪录。“只要我的葱头能得奖，先生，”他不止一次对我说，“我不管天塌下来，”他整天都花在摆弄它们上面，后来就盯着它们。经过反复精心比较，挑出九棵最大的，他为它们制作了一个小小的支架，在木头上为每棵葱头挖一个小洞安置

① 指获奖葱头的品种。

好，所以确实非常美观，虽然我要老实地说照我看它们像某种园艺品，跟食用蔬菜相距一大截。但它们现在就给摆在那儿了，上面贴的红条把斯努格先生打了下去，他不得不满足于蓝条代表的第二奖。昆斯离不开他的葱头，有时他看看苹果（二奖）和马铃薯（二奖），很快又回到葱头的跟前来。我们的各种蔬菜没有获奖对他真无所谓（虽然它们跟斯努格先生的蔬菜一样好，后者得了头奖），我们的胡萝卜连个儿也没挨上，我们的玫瑰好歹得了三奖。昆斯总共得了九项奖，葱头得一个头奖：船进了港啦，他达到了目的。

现在你可以听到普伦斯堡罗铜管乐队的演奏了，队员们穿着华美的蓝色和银色的制服，尖尖的帽子，虽然不能说穿在他们身上挺自然。穿制服似乎有几种类型的面孔和身材——丘八和警察就如此——这些从普伦斯堡罗来的老老实实的吹鼓手却没有，所以穿一身蓝加银色的制服却显得忸忸怩怩。再说一班铜管乐队应该吹打得嘹亮豪放，由那些认可在一切可能存在的世界当中这个世界最好，可以用铜管乐器吹出圆舞曲的节拍和大肚酒瓶的碰撞声向生活豪爽地致敬的人们组成；但是普伦斯堡罗的乐队似乎过于认真，想得太多，顾虑重重，他们仔细地挑选音符，好像对自己的演奏没有把握，如同参观的客人用手指头碰摸作摆设的古董似的。他们告诉我们玩音符游戏是他们的理想，但又是这么怀疑，没有把握，使我们觉得这种生活观对普伦斯堡罗来说过分肤浅。我们离开他们去看访那戴骑师帽和穿丝马甲的人①。他的身体壮实，岁数上了中年，在闪

① 集市上投镖游戏摊的摊主。

烁的红黑两色的服装下显得滑稽；还不止这点，他在这个场合是唯一穿着花哨衣服的人：可是他不在乎，明显地他的自觉性早就因为时间长得不再需要了。他让我们付两便士投三次，分数最高的有奖——我们都参加了，有人投中了，有的人没投中；但我们当中有一位，对投镖跟其余的人一样外行，却得了 107 分，到那时是一天中的最高分。投镖如此，生活也如此①。

人们要我们猜猜一头猪的重量，我们去看了看，发现它是一头小猪，像一头狐㹴②那么大小。如同本国的大部分猪种，它毛色斑驳，棕黑相间，因而——我心里想——挺教人摸不透真伪。那大概是我觉得没法猜到它的重量的原因，不管怎么说，它吃个不停，在展出结束前，长多重都是可能的。我们试了试滚木球③，我的成绩非常糟糕，跟大伙一块儿好笑，但是发现场地十分不平而指出来，并且球的形状根本就不圆。我们看见在车站小小的煤炭办公室躲躲闪闪出来进去的那个人，看上去像北欧神话里的好恶作剧的侏儒，他要我们每人出六便士，然后拿一根棍子写上自己的名姓，放进一块圆形的场地，里面埋着宝贝（这准是煤炭夫谋生的主意）。我们办完这件事，接着全都让那位笑嘻嘻的农民兼绅士称一下体重，展览会照例是在他的田地里举行的。这有点像接受什么考验。如果你踏上一个这类的自动机械，让指针灵活地转一个圈指向圆盘上的数字，这倒无所谓。但要是你给一个悠闲自得的人称重，

① 意思是歪打正着。
② 一种猎狐用的小狗。
③ 一种用滚球的方式打倒球道终点的瓶状木柱的游戏，一称保龄球。

他慢慢把一个又一个金属块放上磅秤，然后仔细地宣布最后的结果，那就完全是另一回事。我颇为我的一百八十七磅体重而害臊，并不是因为比大部分人稍重有什么可耻，而是因为有一个公众舆论压力的问题，世俗的观念现在愈来愈糊涂，向减肥疗法屈服，对晚餐后只吃乳饼碎皮屑的人低头。我们跟花展负责人之一，一位退休的校长交换意见。他正准备把姓名和数字在小本上记下来，觉得他又回来套马了①，挺高兴。学校校长从没有真正退休的；在他们内心深处总是存在着一个绝不投降，不可征服的教书育人的堡垒。

我们得去看看另一座帐篷了。参加肉馅饼与蛋糕（价钱不到两先令）竞赛的厨师得了一个奖。她不在乎第三项竞赛，那是比谁的土豆烧得最好吃。做好的土豆全在这里，在下午过了一半的这段时间里，看起来很不吊人的胃口，不像肉馅饼和蛋糕。你要赞赏土豆就得饿着才行，这是一个历史家应该铭记的事实。不论何时何地，只要土豆是人们谈得不少的话题，饥荒一定在国外猖獗。在肉馅饼和蛋糕对面的是学校的展品，大部分是习字帖上挑出来的篇页和垫子，以及用皱纹纸和拉菲亚树纤维②做的玲珑小巧的玩偶，比玩具店里出售的高价有睫毛的美女更受孩子们的欢迎。沿着中间摆开的桌子上放着更多的水果蔬菜，一位老人正用一根细绳量豆子。发现“乔治”，我们的大南瓜也在这里，我吃了一惊，也颇为委屈。绝对没错。它正在这里干什么呢？我无法想象，因为没有竞争的奖品。也确实

---

① 双关语：又回来做教学工作了。

② 东非马达加斯加岛产的一种棕榈树。

它不是作普通用途的，既不是栽来吃，也不是作绘画的标本，它跟园子的关系犹如《亨利第五》这出戏里的法斯塔夫①。它是它的喜剧性的诗，它比别的蔬菜或水果给我更多的乐趣，鲁本斯②画上的那些胖乎乎的少女也不例外，她们犹如昆斯心上的宝贝儿，爱尔莎·克雷格葱头。倘若我到菜园去看看，那就是去看大南瓜“乔治”，去量量它老是在长的身围，赞赏它有气派的金黄滚圆的模样，充满深情地拍它几下。难道你对这样一个家伙出现在童话里还能怀疑？准是昆斯把它带到这里来的，因为他模模糊糊地觉得园子也应该由它的了不起的喜剧人物做代表。让我们给南瓜乔治拍一下表示道别吧。

昆斯还待在第一个帐篷里，试图——因为他非常谦逊——表现得不太像由他打破了葱头长期由一个人获奖的纪录。但是他无法掩盖这一事实，他是展览会上最幸福的人。他的父亲现跟他在一起，一个年纪很老的退休园丁，他看上去像一棵树根深埋在地下又老又大的树。他抽着他的短烟斗，装出一副达观镇静的样子，但是看得出他也为葱头的伟大胜利而欢欣鼓舞。昆斯的兄弟也来了，这个信号员，穿一身蓝色的哔叽套服，十分活泼灵巧，像是比别的昆斯家的人属于稍后一些的近代文明层次（可能相比之下不那么坚韧）。这个管机器的小子试图取笑整个展出，但我知道他一上午都在帮昆斯的忙，心眼里确实认真当一回事。昆斯的幼小的儿子和更小的女儿也在（一个得了一项垫子奖，

① 《亨利第五》为莎士比亚的名剧，法斯塔夫是剧中的主角之一，一个好吃贪色的胖骑士。

② 鲁本斯（1577—1640）：佛莱芒画家，他画的少女以丰满著称。

一个得了习字帖奖——那可是了不得的一天），老以他们苹果似的脸蛋尽可能紧挨着他们父亲的袖子，那小脸蛋也应该得奖。我断定昆斯不到这一天结束是不会离开帐篷的，他准是最后一个走的人。这是他夺标的现场，他舍不得离开。我再次祝贺他的葱头胜利。“他们不该指桑骂槐地说我，”他说。我预见到今晚在“水漂”他准要喝一两品脱的凯旋酒，在那家酒店里人们曾认为他种不出爱尔莎·克雷格。现在我们再没有什么事干了。从普伦姆斯堡罗来的十五个人，通过他们的乐器，宣布他们“比他的马车轮子下的土还不值钱”，但他们声明时并不十分自信，除开那位鼓手，在这种东方式的热情喧闹下，正开始以他的表演得到他应有的敬重。我们沿着大路信步走去，一边还能听到他在咚咚地敲打。我们把凯旋留给了他和昆斯。

在荒原[1]上

如果你从布莱福特[2]往宾格里，从宾格里往埃尔维克，然后从埃尔维克上山，你就到了狄克·赫德逊饭店。赫德逊先生不会在那里欢迎你，因为他已作古多年了。但是位于荒原边缘上的那个灰暗古老的饭店是用他的而不是别人的姓氏命名的。甚至开往那里的小小的公共汽车现在也大胆地把“狄克·赫德逊”的店名油漆在它的站牌上。你觉得那小小的永垂不朽有点使人高兴的意味，在布莱福特，就我能记得的印象，人们互相这么说；“我们出门要走去狄克·赫德逊饭店那么远的路。”如果你从另一头出发，从伊尔克莱登上往荒原的路径，再从荒原上下来，也准可走到狄克·赫德逊饭店，时间合适，还准可在赫德逊饭店喝一品脱苦啤酒。前些日子我就是这么办的。在南方放逐了多年之后我又回荒原来了，以在赫德逊饭店痛饮两品脱开始。我发现它别来无恙而大大松一口气，依然是灰色的老建筑，依然是凉爽的内部，依然是上等啤酒和熏火腿的香味；因

① 指英格兰北部约克郡的荒原，这儿居民分布稀疏，大部分为灌木丛生的地区，适合畜牧和狩猎。《简·爱》与《呼啸山庄》中曾有生动的描写。

② 布莱福特为西约克郡的一个城市。

为现今任何时候人们都可以把它抵押出去，改成一家卖冰淇淋的冷饮厅，或这类煞风景的玩意儿。

倘若你住在布莱福特，希普里，凯里，你听到赫德逊的大名精神会为之一振。那不仅因为你在那里如此经常地使精神得到恢复，而主要的是因为你知道它是通往荒原的最为人所知晓的途径。荒原对西莱丁①人来说还不止是个进行郊游野餐的地方，一片美丽的本地风光的农村，它是一个壮丽的逃避喧嚣的城市的世外桃源。在西莱丁的城市里，有些东西你是需要逃开的，因为人类建设工业，在那儿造成一些最恶劣的后果。但是荒原总是在等待着你，你只要脱离城市一两小时，登上山冈，看着它逐渐缩小成山谷中一片模糊的烟霭和屋顶的反光，然后消失掉，也许给忘掉就行。荒原在这里，几英里几英里绵亘的郊野，数百年来没有变化，假如在饭店围墙上开个小洞，挤过去走进外面的天地，就可以让你尽情享受。不管你是谁，只要待在那里，荒原就是属于你的，城市里最富有的羊毛商也不能说从荒原得到的特权比你的多。一旦穿过墙上的那个洞，你就奇迹似的逃离了攘攘的红尘；倘若你是童话里的得到天使照顾的小伙子，那么你的运气再好没有了，对你产生出再没有更煞费苦心的变化。所以，如若你是这一地区的异乡客，想去观光一个下午，那么别让黑暗的街道，几乎没有完的一排排单调矮小的房屋，在工厂之间嗡嗡地慢慢过去的电车，整个可憎的老式工业设备等等，使你过于扫兴。请记住突然在被煤烟覆盖的石板上拂过的风，那是从荒原上经过了好远的路程吹来的，还带着奇特的浓烈的咸

① 约克郡的一个区。

味。

不错，我在狄克·赫德逊饭店喝过我的啤酒，穿过墙上的小洞，走上去荒原的道路，如同我以前多次去过的一样，而又有多少年没这么去了。那是一个星期天，非常安静。太阳灼人，似乎惩罚着这片高地，折磨着它的每片叶子和花朵，使它们发出强烈的香气。我好像再一次走在英格兰的屋顶上。唱歌的云雀离地面并不远，仿佛它们现在已飞得够高了。风在荒原顶上吹过，不过肩膀的高度，带有那神奇古老的气息，充满泥土味，然而总有点海洋的气息，那种奇异的咸味。在褐色的山腰背景上我看到嫩蕨形成的一片鲜翠。杂乱的岩石，从大片大片的云影中忽隐忽现；毁圮的牛栏和神秘的石墙；荒原小径上的花岗岩粉尘在阳光下闪烁。我又听到了荒原上绵羊群咩咩的叫声，好像从硕大的空谷发出的怨艾。那里的种种如同它们向来的那样没有变化。

在下方的山谷，我一度如此熟悉的街道中间，新的建筑正在盖起来，旧的则被拆除，有人破产，有人重起炉灶，老人去世，青年结婚，没有什么是停滞不前的。城市的生活从我过去所熟悉的方面匆匆前进。这儿，那些曾经是高大健壮的青年这么突然又奇异地变成了弯腰驼背、须发苍苍的老者，那些婴儿这么突然又奇异地长成青年男女，我在他们当中迅速地变成一个异地的来客，一个陌生人。但是在上面的荒原根本没有什么改变。我看到我总是看到的东西，我的感觉得到的是同样的旧有的愉悦。

但那还是不一样。我坐在光滑松软的青草上，背靠着一块岩石，当我在那块孤寂的高地抽我的烟斗时，我试图把我的观感清理一下。我为旧地重游而感到快乐，没有一个我重新见到的景象、一个重又听到的声音、一阵重新闻到的香气不带给我愉快，可是在这种快乐中含有最为奇异的忧郁。那仿佛在我与这些亲切熟悉的景物和声音之间隔着一大方玻璃。我觉得好像把身边的石南和石南属植物采摘仅仅是为了让它们残萎或在手上揉碎。我本来也许是一个从远方的俘虏营假释出来，让他过一个金色的下午的战俘。我的眼睛里没有眼泪，可是我愿发誓我的精神感觉到它们带有咸味的晶莹闪光。倘若我那时跟一个旅伴说，他会断定我是一个曾经一度在这些地方体尝过巨大的快乐的人，后来受到某种可悲的流放。当然他是错误的。现在我要比我过去惯常一周一周地来到这片荒原的时候还要更加快乐，当时我跟它保持最随和最友好的关系，每一块岩石和每一丛石南都用我运用的语言跟我交谈。那时，我在荒原上散步，或躺在阳光下如茵的草地上，几个小时几个小时地，把时间消磨在遐想我未来的幸福里，就像我现在实际上的情况那样。我不是说在那些日子里我是不幸的，因为那时我是一个身体健康的青年，有好多事情待我去做，有许多知心的朋友，但我是烦躁不安，愤愤不平的，容易在一个看来不欣赏我独有的优点的世界里沮丧地生闷气。我以为我那时是个不错的人，可惜不管怎么说我没有得到在以后的生活里开始保护我们的自尊心的那副自负的盔甲，也就是那种迫使我这个职业圈里某些上了年纪的同行这么吃力地行动的盔甲。我可能受到故意的冷落，既急躁又多刺，能够匆忙地断绝跟别人一个又一个的往来。毫无疑问，现在我要快乐一些。

是什么魔术大师的咒语，他以怎样的装腔作势，多愁善感的姿态，当时，在荒原上的那个下午，使我觉得如此郁郁不欢呢？我根本就没有遭到流放。要是我想靠近荒原住下来，每天去看看它，没有什么不让我去。要是我真的想去，逗留不走，明天就行。我非常清楚我不想去，我很愿意住在老地方。我心里很明白，荒原很快就会使我腻烦，假如我隔一段时日去看看它，比靠近它住下来会得到更多的愉快。像大多数人一样，我曾经失去过好几个非常宝贵的亲人，但是再一次说实话吧，在我心里跟荒原有关的人一个也没有失去。可能失去的唯一的一个就是年轻的时候曾经这么频繁地踩过这些路径的我自己；但是我不为他哀悼。让初生之犊死去吧。最早的青春已逝，这不假，但我看不出在早期的青春时代有什么特别值得羡慕的地方。我有力量和生机，一种欢乐之感，一种好奇之感，依然没有丧失，我一点也不想重度十九岁的日子。当我背靠岩石坐着观望巨大的紫色的云影移过荒原时，我对自己指出这一切，但那种抑郁的心情依然存在而凝然不动。这种情绪好像在整个乐队的欢乐喧哗中一个号管不停地奏出的小小的绝望的主题。如果说荒原是真实的，那么我就是一个幽灵。如果说我是真实的，那么这些丰茂的石南，磊磊的岩石和蔚蓝的晴空就是蜃景，肥皂泡一般的景物，只要决心用食指一捅，它就会眨眨眼而后永远消失，我回到了狄克·赫德逊饭店，一个又热又渴的人，在一个令人迷惑不解的梦境里。

这么多的小说

我愿意承认，在方便的时候，也对这些时候以来新出版的小说的数量私下议论过。可我是作为一个书评作者，一个听到他的桌子在没有读过的书籍的重压下呻吟而嘀咕的书评作者有权嘀咕，无疑书商与图书管理员也有权嘀咕。然而我不明白为什么普通的公众，他们既不是评论家，也不是出版商和书商，竟这么经常对新出版的小说发牢骚。这么大宗的铅字印刷品与纸张对他们有什么害处呢？公众并没有被强迫去读这些新小说，毋需花他们一个便士或顷刻时间在这些玩意儿上头。听听某些人的谈话吧，你会以为他们的生命将受到出版商的膨胀的书目所危害。毕竟忽视一部新小说的存在是非常容易的，因为它不会跟着你哪儿都去，踩你的脚跟。

如果不对新小说嘀咕，代之以对新汽车纷纷议论，那么这种牢骚还有点道理。汽车除在大马路上开来开去，就没有用处，车愈多马路就愈拥挤而危险，愈有气味而叫人难受，愈加嘈杂而污浊。不要很久，在伦敦想到处走走也不行，离开伦敦同样不行，仅仅因为月月有那么多新汽车出现。一部机器脚踏车比一千部糟糕的书还更讨嫌。一部小说，即使是一部糟糕的吧，悄悄地问世，容许你往书架上一搁，或干脆扔在垃圾箱里，它一声也不吭。它不向你咆哮或是试图压折你的腿。你隔壁的房子也许遭到一百部新小说的侵袭，可是你也许还不知道发生了这样的大事。它们不硬要你注意，如新收音机和留声机那样。人们不站在书店外面试图诱惑你进去购买新的小说。没有小贩在门口吆喝，麻烦你非买不行，你只要远离可以借书的图书馆，书店的门市部，出版社的办公楼，文学周刊的广告栏，完全不去注意这些小说正在问世就行。

如今一大批人准在从事写小说。但那又怎样呢？在像我们这个模样的世界上，写小说是一个比较单纯的职业。它的最坏的结果充其量不过是减少锻炼，增加生气的机会和虚荣心而已。总而言之，对一个人，写小说比起赌赛马，站在酒馆柜台前喝双重威士忌，爱上不正经的女人，虐杀动物，坐在桥牌桌旁打个没完，或是大手大脚花钱过分地吃喝，其造成的危害总比较小吧。只是在非常偶尔的时候医生不得不警告他们的病人不要再写小说了。既然现在一切恶作剧年轻的姑娘们都干得出，那还不如让她们静静地坐在楼上闲着的斗室内写小说，也要比让她们为所欲为好。要是一名少女出现在警察法庭①，被控为某部小说的作者，报纸对这种事情也大惊小怪，那是罕见的。可以肯定，男人女人如果都去栽花种草，那当然是更加合理地安排时间，不过人也不能总是从事户外活动，写作为你提供最为愉快最为安全的精神寄托的方式之一。

别人告诉我们这些新小说家极少能从他们的作品获得高收入。但那又怎样呢？他们自有乐趣。要是他们在金钱

---

① 英国的司法制度规定，一些小的违法行为，如违反交通规则等，由警察法庭处理，跟我国派出所的职能相似。

上收益不多，那么他们可以避免职业作家的种种艰苦；因为这些小说家多半都是热心的业余作者，你可以相信除非他们看到他们的小说很快能卖大钱，他们是不愿成为职业作家的。但是不管他们是不是能获得一大笔稿费或根本就没有稿费，那是他们自己的事情，跟外行的读者无关。如果你把小说看成我们的工业生产之一，那就有许多话可谈了。比如像葵德拉先生①已经指出来的，它成为我们少数几种成功的出口贸易产品之一，在其他商品通通陷于萧条的情况下，依然得意地生存。比较而言，我们这些爬格子的文人比别人在跟美国的贸易上干得更好些。英国被人看做生产小说的大国的时代也许会到来。事实上，我们对欧洲各国出口的神秘与侦探小说的数量是极为可观的。

另一方面，倘若你宁愿把小说创作看成一种爱好，那么为什么你或别人要对它如此埋怨呢？我听人说："现在人人都在写小说。"他们说这话时还带一点虚伪的耻笑，听起来很不顺耳。为什么呢？那跟他们有何关系呢？小说在哪方面对他们有害呢？这都十分令人不可解。如果你去某个遥远的外国，有人说："这儿人人都演奏四重奏，"接着引人反感地放声大笑，你会瞠目结舌惊讶地看着他。

出版商会由于出版这么多新小说而亏本，这也许是真的。如果你是这样一个公司的股东，那么你有权埋怨；可是如果你跟这个企业毫无往来，那你就没有多大关系。显然，如果一位出版商，他年复一年地亏本，会达到根本不

① 斐利普·葵德拉（1889—1944），英国律师，后从事写作，成为历史学家与传记作者。其著名作品有《威灵顿公爵传》，《丘吉尔其人》等。

可能再出任何小说的地步。与此同时可以说出版小说，如同写小说一样，是属于我们比较清白单纯的职业之一。一个人可以坚持每到春天或每到秋季出版一堆新的小说，同时又依然继续做一个颇为体面的公民，一个忠实的丈夫，一个仁慈的父亲，一个良朋益友。不，我不认为我们需要为出版商忧虑。

我已经证明这一大堆小说形成的洪流并没有给公众，给作者，给出版商造成真正的危害（公众可以任意不去理它）。给我们这些小说家又留下了什么呢？几乎没有；只不过也许可说是时代罢了。那些对所有新出版的小说嘀嘀咕咕的先生们似乎认为我们的时代会遭到嘲笑，因为它产生出所有这类荒唐的小说。他们记着一个清晰的印象，即恶劣的小说是一种新生事物，几乎是二十世纪的典型产物。显然他们以为摄政时代①所有的小说全是简·奥斯丁和司各特作的，只有狄更斯，萨克雷，勃朗特姊妹，乔治·爱略特，还有别的不多几位小说家是写给维多利亚时代的读者看的；四十或五十年前哈代与梅瑞狄斯平分秋色②。他们应该仔细看看上个世纪任何一本书籍后面的出版社的几页广告，他们便会发现他们此前从未听说过的大批小说，其中大部分并非平常的失败的小说，而是出版商现在所称的“优秀作品”。他们应该从旧书店购买一批这类“旧小说”，三十年代，五十年代，七十年代出的不知名而名副其实的小说，然后他们会发现我们绝对没有把恶劣的小说加

---

① 指英国史上1810—1820这段时期，英国乔治第三因精神错乱，由太子（后为乔治第四）摄政。

② 作者曾著有《英国小说概论》（1927），对上述小说家均有所论述。

以垄断。事实是，自然，从那时候起就有了种种小说了，一大批一大批地出，到处都是新的，有些人猛扑过去读起来，而另外一些人则说“不明白为什么他们要出这些荒唐的东西。”一百四十年前在巴斯①的老先生们就说过这话。当然，如今有了更多的新的小说了，但也有了成百万成百万更多的人读它们。我怀疑跟识字的人数相比，如今小说出的比1800年出的要多。

让我结束这篇对新出版的小说的埋怨言论吧。我认为这篇东西是一种对牢骚的浪费。要是你一定要发，既然十分令人难受该叫人发牢骚的东西是这么多，为什么你不对——不，我必须停止。我正是在结束一篇文章而不是开始去写一卷又一卷。

---

① 巴斯：索姆塞特郡疗养胜地，以温泉著名。十八世纪以来为英国作家喜爱去的地方。小说家斯摩莱特、费尔丁、哥尔斯密斯、简·奥斯丁、司各特、狄更斯均曾访问过，此处作者或指守旧的老先生们对他们的不满。

为蹩脚的弹钢琴者一辩

倘若不把那些在电影制片厂和舞厅干活的音乐工作者算在内，他们的收入靠弄出某种有节奏的音响，一小时得若干报酬来计算，那么所有弹钢琴的人，我认为，可以分为四类。首先是那些杰出的独奏艺术家，帕德列夫斯基①，巴奇曼②，还有其他的大师们，他们似乎对一切困难不在话下。就他们来说，钢琴，一件由金属弦和音锤组成的死东西，变成能引起灵妙反应的机体；它的音锤是一种特殊的肌肉，它的琴弦是增添的神经，随着每一下飞快的冲力而跳动；他们的演奏如同他们的风度和语言，洋溢着他们的个性。第二类的成员却不是如此，照我看，他们能不能称得上家是可疑的。他们可说是严肃认真的业余爱好者。他们每每用高薪请某个教授教琴，后者负责把他们“带出来”。但是他们从来没有给“带出来”过。业余爱好者的标志是他不倦地练习某个音乐作品，也许是肖邦③的《练习曲》，也许是勃拉姆斯④的《奏鸣曲》，直至他不看乐谱

---

① 帕德列夫斯基（1860—1941），波兰钢琴家。

② 巴奇曼（1848—1933），俄国钢琴家。

③ 肖邦（1810—1849），波兰作曲家、钢琴家。

④ 勃拉姆斯（1833—1897），德国作曲家，钢琴家。

而能弹出来，做到这一步，于是他邀集一批朋友，（或更惯常是新交）不让他们交谈——在紧张的沉默中开始表演——或者如他常说的，“阐释”——他的下了功夫掌握的独奏。第四类包括零星的乱弹琴的人，即席伴奏者，敲打者；弹圆舞曲的年轻小姐，弹赞美诗的老太太，嘴里衔着纸烟的小伙子，他们的表演风格是乒乒乓乓，哐啷哐啷；不屈不挠的折磨人的一切噪音制造者，从那些坚持敲打——而不是弹奏——拉赫马尼诺夫①的升 C 小调序曲以至那些购买星期日版报纸，为的是可以用一个手指一个音一个音地弹奏一支滑稽歌曲的调子的人都包括在内。所有这样的人都是破坏宁静与和谐的人，因为他们不能在任何其他的地方等闲视之，这儿对他们反倒是可以愉快地不加考虑。

现在剩下来是对第三类人说几句话了，如果把他们限制到这样狭窄的范围之内，那么我也可以算做一个。在把别人随随便便排除之后，用这么长的篇幅来写自己这号人，似乎有点以自我为中心的味道。然而事实是，我们——我以兄弟般的情谊说——直至现在受到这么厉害的恶意中伤和误解，我们默默地忍受了这么多的嘲笑，所以我们有权在我们最后受到不可挽回的谴责之前，让别人听听我们的申辩。

只不过在技巧水平上，纯粹是经验的问题上，我们才不如严肃认真的业余爱好者；我们属于人类的最高层次，我们有比较高尚的灵魂，在精神上我们比较接近那些大师们。严肃认真爱好者的动机并非不容怀疑。在他勤奋刻苦的练习中，在他有限的全部节目中，在他半公开表演的风

① 拉赫马尼诺夫（1873—1943），俄国作曲家、钢琴家。

格上，难道就没有一点虚荣心的表示吗？他的有意识的技巧炫耀伴随着他对不熟悉的作品的畏惧心理，难道就是对音乐的热爱标志吗？我怀疑是这样。

但我们的动机却是光明磊落的。音乐再没有比我们更不带利害关系的忠仆了，因为我们不仅在为她服务的过程中不采鲜花做花环，而且每天，为了她的缘故，冒着让自己当傻瓜的风险，对纯粹的赤诚热爱再没有比这更伟大的考验了。我们，再说，也是弹钢琴中铤而走险的冒险家。每逢我们坐在键盘前我们就产生一个可怜的希望，不管我们中途碰壁或偶然一帆风顺，我们希望得到的唯一的报酬是从音乐女神投来的和蔼友好的一瞥。

人性上既然我们是易于犯错误的，我们的演奏有毛病，我们的弱点多年来成了音乐学究和小人的攻击目标，这都简直没有必要去细论。在已经记不清的过去年代里，我们曾经接受过一点指导，大概上了不多几年的课，但由于是自有主张的聪明的儿童，我们认为只要有球可打，有石头可玩，有廉价的惊险故事刊物可读，按泽尔尼①的平淡作品苦练什么音阶和琶音②根本没用。一张没有锁上的门，一扇打开的窗户——就可以让我们逃开乏味倒霉的学习，这样，打从童年时期起就表现出的对生活的那股热爱，它依然是我们这帮人的标志。

如今，光是一股热情使我们坚持到底。我们对“难度一般的作品”（如出版商说的）的演奏并不缺乏一系列神来之笔。在我们眼盯着乐谱，使劲赶着我们的指头在琴键

---

① 泽尔尼（1791—1857），奥地利作曲家、钢琴家。

② 从低到高的音阶的弹奏。

上飞舞时，可怕的深渊在我们前头张开大口，大块的岩石在上面砸下来，浓密的丛林下满布坑洞陷阱，都不能使我们却步不前。虽然我们不知前面出现什么音符，或者我们将要使用哪个指头，如果乐谱说是急板，那就必然是急板；调子的精神必须解放，不管它的肌肉怎么割碎。所以我们表演令人头晕目眩的琶音犹如一个被野兽追逐的登山者那样从一个巉崖跳到另一个巉崖，我们以飞速通过尼亚加拉河①急流的划手的盲目自信弹奏三十二分音符。只有精神伟大坚强的人才能从事这些危险而了不起的冒险行动。

不同于严肃认真的业余爱好者，我们对作品不挑肥拣瘦，不是非要找到一篇可以用无懈可击的演奏使它熠熠生辉，然而听众未必欢迎的作品才罢休。我们参加音乐会（因为，首先，我们是音乐会的常客，或如奥夏内希②所谓的做梦的梦想家），为音乐所陶醉，摇摇晃晃地出来；有好几天我们的脑子里盘旋着一个可爱的主题，或一个使人惊异的高潮，直到我们再也受不了；我们拔腿奔向卖音乐作品的商店去看是否能找到这个新使人入迷的作品，买下来永远保存；更常见的是我们胜利地达到目的归来，几乎还没来得及弄明白乐谱就一下子投入开头的几小节，进行试弹了。如果我们的热情一旦激发出来，改编成钢琴演奏的任何形式的作品或是不管用什么方式能够在这种乐器上弹奏的作品就不成为问题了；交响曲，歌剧，音诗，弦乐四重奏，通通都受到欢迎。不，我们常常偏爱有乐队伴奏的

① 尼亚加拉河：北美的一条河流，在安大略湖与伊利湖之间。

② 亚瑟·威廉·埃加·奥夏内希（1844—1887），英国诗人，他的名诗《颂》以这样两行开头：我们是音乐的创造者，我们是做梦的梦想家。

改编作品，因为我们不认为钢琴是一种独奏乐器；对我们来说它是进入音乐王国的由熠熠生辉的象牙和乌木构成的入口。我们的手指在琴键上来回轻拢慢捻之际正是我们梦想中的乐队精神抖擞之时。

我相信，归根结蒂，如果我们的愚昧无知的根底得到充分暴露，如果我们弹错的音符载入某个音乐天使的令人生畏的总记录，那么人们会发现，对我们，这帮蹩脚的弹琴者的看法是错误的，我们也曾经为这种神圣的艺术奉献出热爱和苦辛。倘若我们列队进入伊利寻①，孤孤单单，胆战心惊，一个寒酸的小乐队，给贝多芬看在眼里，他是我们宰了这么多回的，我相信从他像要发出雷电的森严的脸上会冒出微笑。“呵哈！你们进来吧，小子们，”他会吼道：“蹩脚的琴手，呃？……我听说……非常拙劣的琴手。但你们当中还有更糟的。……你们身上有股精神，你们倒还用心听。……进来吧。……我写了一百五十多首交响曲，奏鸣曲，你们将会把它们一一都听听。”

① 希腊神话中的乐园。

波兰插曲[①]

我们觉得波兰的国境可说在伦敦塔桥[②]可以听到招呼的距离之内就已开始了。那里停泊着我们的轮船，小得可怜，约两千来吨，它属于波英轮船公司。它的内部是波兰式的，贴着用谜一般的波兰语写的告示，它显得仅仅是为要有异国风味而搞出来的，仿佛是剧院的海报。一看到我们住的客舱，我们的心就沉下去了。不错，其中有四个铺位，而我们只两个人，但是什么样的卧铺呵！——跟新鲜空气何其遥远！——多么不舒畅的气氛！我们互相转告这趟航程只不过持续三或四天，但是我们打开行李时有一种心情沉闷的感觉。在我们的想象里作为一个政府的预期的客人，过去我们还没有见过这样的客舱，它有点像一个奶酪工厂的地下仓库。不过在我们爬到舱面，吸进充分的氧气之后精神就恢复了，泰晤士河对我们闪耀。我们指出，这是一场探险；我们在甲板上巡游，偷偷地观察船上其他的乘客，他们也在观察我们，自以为我们不知道。等船在塔桥下驶过时，我们全都坚信我们互相嫌恶。还远没有离

① 当时正举行波兹南博览会，作者是去参观的代表团成员之一。

② 伦敦塔桥横跨泰晤士河上，两端为曾作监狱的塔状建设，现为历史文物陈列馆。

泰晤士河河口，我们全成了朋友。这是因为我们都是一同到一个外国去的旅伴。在进餐时建立起了旅途的友情。波兰之行真正开始了，我们都在餐桌周围就座，那个魁梧微笑的船长坐在首席；服务员们，讲的话每个字都说明是地道的波兰人，在我们面前放下一大碟一大碟的小吃和一只只盛满不掺水的威士忌的酒杯。在波兰，人们以几小杯纯酒祝饮而开始吃饭，服务员们以为我们偏好威士忌。我可以说我们离波兰愈近，这些小吃堆得愈高，酒的选择范围也愈广。服务员们热心开瓶斟酒。在我们离波罗的海海岸还有一大段海程时，我注意到某教授在安然喝着樱桃白兰地，用沙丁鱼和鸡蛋下酒，这些先生们，例如商业报纸的记者和某经济专家则像陀思妥耶夫斯基①小说中的人物一样痛饮伏特加。所有环波罗的海的国家似乎在吃饭上都采用同样的原则，把你撑饱，使你还没喝汤就已经不是眼花缭乱就是笑声不绝了。吃剩下的几道菜时，你是在模模糊糊、欢天喜地的梦里。

下一天星期六，留在我的记忆中的印象始终是一天的苦斗，我的对手是波兰雪茄②，它是前一天深夜在一只装潢华美但预兆不祥的烟盒里露面的。作为雪茄烟，波兰出产的雪茄有它的诱人的特色。譬如说泰晤士河口、基尔运河③或其他任何平静的水域，波兰雪茄号是一位受欢迎的

① 陀思妥耶夫斯基（1822—1881），俄国小说家，代表作有《罪与罚》、《卡拉马佐夫兄弟们》等。

② 波兰雪茄：作者在这里语意双关，既指这艘船的名称，又指波兰产的雪茄烟。波兰雪茄大概质量不佳，作者含蓄的颇有微词。

③ 基尔运河：德国境内接通北海与波罗的海的运河，从英国往波兰的海上必经之途。

客人，一位朋友。但是在那个星期六我们是横越北海；天气非常寒冷而恶劣；轮船由于轻装，颠簸得厉害。我总认为自己海上旅行不易晕船，所以我处于正常状况；可是我以前从未乘坐过波兰雪茄号。不管在三面甲板上哪个角落，用不了几分钟，商业报①就会光临，在疾风中随身带着波兰雪茄。我们三个人，发青的脸色上挂着微笑，一边喷出一口口青烟，它时不时从船上飘走，一边试着列出一个波兰雪茄的不利条件。我们即使在做这件工作时，也能听到商业报的来回步履声，随之带来一阵不可避免的蓝色烟雾，我们异口同声地呻吟："波兰雪茄——比赛完结！"于是摇摇晃晃地走掉。

第二天早晨我们首先听到的是一个乐队的喇叭嘟嘟声和一阵欢呼声。我们望出去看到两边绿色的堤岸。原来船已开进基尔运河。乐队的音乐和欢呼来自一艘经过的德国旅游船上的乘客。整个早晨我们都在这条水道上从容不迫地行进，朝阳升起，波兰雪茄号行驶平稳；甚至受到欢迎；进入波罗的海后，现在航行有了海程上应有的宏大的气魄。由于容许我们在一下平稳起来的甲板上交换漫长的旅行的回忆，时间也拉长了。波罗的海只是一方使人愉快的舞台后方的幕布，我们以它为背景装饰，敞开吃喝，讲故事，祝酒。服务员们——尤其是那个尖脑袋镶金牙而带微笑的——发疯似的开酒瓶。船长，有二十年航海的经验，似乎是从契诃夫的某一好笑的故事中突然跳出来的，拍打着他的漂亮的脑袋，并且用零零碎碎的六种语言说笑话。把这次远行的独特的风味，它的异想天开的欢快，它的温暖人

① 指伦敦商业报刊的记者，访问团的团员之一。

心的荒唐加以描写需要页复一页的生花妙句。

最后我们发现我们抵达一个河口，我得知那就是维斯杜拉河[①]时，心情感到一阵异常的兴奋。以后，不管我们在波兰的什么地方——我们旅行了成百上千英里的地域——那地方只要有河，这河就是维斯杜拉。虽然它的流速看起来缓慢呆滞，但我们却总也避不开它。你可以向东走一天，二百英里左右，第二天从原来的出发点向西走同样远，可是维斯杜拉河依旧跟着你。只要我记着初次看见它时产生的激情，我就原谅它的无处不在。它首先把我们带到但泽[②]，一个使我十分愉快的城市，即使它只有到处都看到的漩涡形建筑物，哥特式的街景，古老的树木和啤酒。只要按步就班地供给我英国烟草，我能写一本有关但泽的书。

我们第一个参观的地点不是但泽而是近邻的港口格丁尼亚，我们全体给带到市政厅，受到用好几种语言表达的隆重的欢迎。然后又用一辆公共汽车载着我们开走，送上一辆拖轮，下来又上公共汽车，被领着参观码头。波兰人很为格丁尼亚骄傲，而且蛮有道理。只不过几年以前它还是一个渔村，现在它已成了一个真正的海港了，还不如说它是一个海滨避暑地，到处有戴着可笑的帽子的年轻人，它几乎跟著名的克朗代克[③]发展一样快。如今它正在扩大。我们见到的所有官员都是精力极其充沛，口若悬河，充满自豪的。我可以有把握地说他们都是快乐幸福的，他们在

① 维斯杜拉河：波兰最大的河流，全长630英里，从南部的喀尔巴阡山向北流入波罗的海。

② 现名格但斯克。

③ 克朗代克：加拿大西部的产金地区。

创造，看到事物成长而不是无所作为，在读斯本格勒①。在目睹这么许多港口处于衰落状态后看到一个新港口出现是一桩好事。在那种燠热，叫人困倦的一天里，即使那些波兰人硬要我参观他们打米或贮存罐头杏的方法，我依旧对他们感到敬佩。

他们把同样的精力与生气投入招待我们的正式的午餐。这顿饭叫一个人吃饱喝足，招待餐上的发言足够举行两到三次婚礼早宴和一次会议。招待餐在四点左右结束，我们挺高兴但有点头昏眼花。我们给带进一艘游艇也就是小汽船，想不到发现它的餐厅竟堆满了更多的酒食，光看一眼就吓得我们退缩。我模模糊糊地记得那艘游艇或汽艇，那只已记不清的影子似的船，正开往但泽，有一个穿雨衣的乐观的年轻人试着向我们解释有关码头的事情，他几乎不知道我们通通是在一片朦胧不清的梦里活动。不过假如你根据这一点认为我们是缺乏欣赏力的参观者，那就错了。事实是，当你在一个炎热的日子，经过一上午紧张的参观后，吃饭吃到下午四点，又喝下全部别人对你举杯祝饮的酒，又在五点半左右，比方说，让你去参观运煤的滑槽，那几乎不可能给予它应有的注意。我们纯粹成了一群梦游者。

同一天晚上较早时我们登上了送我们去波兹南②的火车，预定在半夜把我们送到目的地。火车在驶过大平原时隆隆地怒吼，我们把黑夜关在车厢外，在车厢里讲故事，

---

① 奥斯瓦尔德·斯本格勒（1880—1936），德国哲学家，主要著作为《西方的没落》（1819—1922），其中对西方文明颇多批判，二战前在欧洲尤其是德国流行。

② 波兹南：在波兰西部瓦尔塔河西岸，重要工商业与文化中心。

唱歌，用硬币玩游戏。够奇怪的是，这时我们当中没有一个人打瞌睡，尽管我们全都觉得至少连续好几天没睡了。那好像又回到了一战时代，或是在那时的愉快的日子。到十一点我们觉得饿了，这时发现车上没有餐车。于是有人告知我们已做出了安排，在半夜，忽然莫名其妙地停车时，原来就是这回事，一群穿白大褂的人蜂拥进入车厢的走廊，他们捧着盛有热气腾腾的维也纳香肠的盘子，加上煎土豆，瓶装啤酒和玻璃杯，一碟碟野草莓，冰淇淋，餐巾和刀叉。这就是我们的夜宵，来得恰是时候，神秘莫测地从我们一无所知的黑暗中冒出来。几分钟后，一个穿白大褂的人也看不到了，火车又空隆空隆地开动起来，我们慢慢地吃着喝着，高高兴兴地享受这顿奇异无比的野餐。对这个国家的来访者以前能有这么愉快的事情吗？我怀疑。我对波兰的看法提高得飞快，怀着这种想法我到达波兹南，准备在那里看看正在举行的盛大的博览会，盛情友好的关心沿着电报线一掠而过，把穿白大褂的人从黑夜里带来，这主要是它做的工作。

公　宴

我再度赌咒发誓绝对不去参加另一次公宴了。“要戴上各种勋章”——可是我不戴了。“女士们在左边，先生们在右边”——不，我不在其列。“殿下，各位勋爵，女士们，先生们，宴席准备好了”——可是别把我算进去，如果我没有完全丧失理智的话。我们必须对这些盛大的宴会态度坚决。我们没有人欣赏这一套，进去时互相嘀咕，出来时大发牢骚。也许正在我们替玫瑰树绑扎，或打网球“啪”的一下来个精彩的击球时，我们却要扭动身子穿上一身整整齐齐的礼服，是衣柜里最笔挺的，浆洗得最地道的几件，慢慢地费劲扣上一个白得耀眼的领结，然后去一个明知道下两个半小时内会感到苦不堪言的地方。我们为什么要出席呢？谁让这些轱辘转动的呢？谁决定我们要如此虐待我们的消化器官，折磨我们喜欢冒险的精神和热心肠的呢？为了这个巴比伦的烦恼①，把鲟鱼加以搜劫，抢走台河②里的鲑鱼，在威尔士山冈上屠杀羊羔，多么穷凶极恶呵！是什么居心一下子把一批漂亮的女子和活泼可爱的男人变成

① 巴比伦为建立于今天西亚美索不达米亚地区的古国，风俗以奢靡著称，这里指公宴。

② 台河：苏格兰最长的一条河流，全长193公里。

这么许多瞪眼张嘴的模样的呢？除开家禽贩子，开洗衣店的老板和供应可疑的葡萄酒的商人，谁又赚了一笔呢？

如果你去吃喝，那就陷进去了。公宴的最古怪而猜不透的谜之一就是为什么饭菜和饮料尝起来总不对劲。在名义上菜肴、饮料看起来挺好，在我们天真烂漫的童年，我们看见菜单就流口水。甚至在菜肴端到桌上时看样子也不错。可是一尝起来就从不觉得可口，不是像热纸板就是像湿羊毛。某种极其糟糕的事情发生在厨房和公宴的餐桌之间。出现了穆斯林所说的居心不良的恶灵。假如你和一二友人去同一个饭店，同一张菜单会提供半打美味佳肴。酒也如此，陈年的棕色雪利酒①，味淡的莱茵白酒，香槟酒和掺葡萄酒的甜白兰地，所有这些佳酿在公宴上都成了一种颜色各异而稍带甜味的液体，仿佛它们全都是从一个魔术师的道具壶里变出来的玩意儿。我想象得出盘子里的菜肴，立即会通知肠胃，这些骗人的玩意儿正在炮制中。于是内心产生出一股埋怨情绪，也就是我们这些凡是参加公宴的人都明白的那种火辣辣的感情。

假定服务员们都意识到这种把戏的可耻，这未免心肠太好，不过可以说明他们对这类宴会的怵头。他们不是我们在平常时候看见的那些人。他们露出一副被征入伍的士兵的面孔。如果他们服务的作风被误会成普通茶馆的女招待的那一套，他们显然并不介意。他们对肚子的关切已经代之以一副冷淡的神气，它把内心严肃的顾虑加以伪装。“要是您不喜欢这玩意儿，先生，”他们突如其来的手势宣布，“别怪我，是你愿意光临的呀。”服务员领班笑盈盈，

① 原由西班牙出产的一种棕色葡萄酒，英国人爱在饭前饮用。

但不再带有他们服务员的那种无懈可击的信心。倘若你看到他们在主席和秘书面前用无形的肥皂和水[①]洗手，你可以肯定此举实际上是象征性的。他们也知道没有等到时针走完一圈，他们就会被窝了一肚子火的客人所包围，虽然只要一点点碳酸氢盐[②]就能消除客人的火气，他们也不敢偷偷放到桌上去。

谁，我重复一遍，享受这些盛大的宴会呢？不是那些坐在餐桌旁的人；不是主席，也不是理事们，不是来宾们。不得不致词的人苦不堪言，因为既然他们实实在在亲眼所见，他们确信有关本会的那些带有幽默的小意见，或不管是什么意见，总是不受欢迎的，而夸夸其谈的结论，比大多数宴会之后的讲话调子更高，对这帮听众也不管用。“现在我一定不要对你谈得太多，”坐在他们近旁的女士们说：“因为，当然，你正在考虑你的发言。我有把握那一定非常精彩。”这些意见，虽然无疑是出于好意，只不过加深他们的难受。等最先上去的发言者带着似乎是恶意的风趣指了出来：在场的每个人都有一份权利指望接着致词的发言者说几句特别俏皮而有见解的话时，这些可怜的先生们正受着罪，扪心自问上了一百次，为什么他们竟然会同意在这么一群麻木不仁的群氓面前让自己去出洋相呢？

那些光听的人，他们的境遇也不见得好些。说真的，还更坏。致词总算还在干点实事，在行动，在从事一种冒险活动。晚宴对发言者来说还有一个形式，事实上当他们站起来的时候，它达到了高潮，但对光听的来宾而言，晚

① 意为替自己辩解，洗刷责任。

② 用以配制小苏打的化学剂，治消化不良，可消除肠胃饱满之感。

宴没完没了地继续下去，他们得拽着自己穿过沙漠一般的叫人厌烦的场面，而且无地可逃，他不能完全对致词置之不理而去想巴西的森林，成吉思汗的征服，或者野生动物的习性。对你提出了要求，你的精神给拴住了，然后遭到沉重的木槌的不断敲打。人人的发言都过长。“我不再占用你们的时间了，”讲话的人说，带着他那种人的故作微笑的假谦虚，有一瞬间你的心跳起来，可是接着像过去一样，他又继续说下去：“不过，还有一件事——呃——也就是说，一点——我想提出来。多年前……”于是又信步走过另外一百英里没有人迹的荒原。什么使得这些家伙如此发狂的呢？又来了，他们要个花招说这是秘书和主席或是别的某个爱管闲事的人强逼他们发言的，不是出于他们的本心。前些日子我参加一次公宴，在宴会上至少有十个人，每人花了十分钟告诉我们他们是如何被迫不得不讲的，既然是在这种情况下发言，他们所说的每一句话都不能相信。尽管我是十个人当中的一个，这一事实并没有使我成为这个花招的辩护士。

再说，你永远不知道什么时候你才到头。比方说在程序上有六位发言人。那就够糟了，可是除非你走运，糟糕的事情还不止这一点。主席突然间发起疯来，征求折磨人的新打手。或许咕哝咕哝先生要说几句话吧？我们都很想听听废话连篇先生有什么看法。他们一边抗议他们没想到给点名上台，可是同时——十分厚着脸皮——拿起一张让荒唐的笔记涂得乌黑的纸作参考又说开了。来宾们哈欠连天，嘀嘀咕咕，服务员们低着头，房间里更加气闷，雪茄烟在嘴里有些烫舌头。然而不管这一套，嗡嗡嗡嗡先生不得不答复咕哝咕哝先生和废话连篇先生，还用长得难以置信的时间通过由胡诌瞎扯先生提出的表示谢意的决议。唉，外面的夜色无边又美丽，在自己家里靸着拖鞋，穿着睡衣，靠着扶手椅，读着好书，抽着烟斗，喝着不走味的威士忌加苏打岂不强万倍。

我把范围缩小到单独一个人。宴会主持人可欢迎这些宴会啦。只有他高高兴兴，心情愉快。我们这些受罪的人出席宴会是要付钱的，而他呢，指手画脚，穿着红色上衣，悠闲自在，倒要别人为他的服务付出代价呢！这是叫人诧异的。“勋爵大人们，女士们，先生们，请高高兴兴地把你们的酒杯斟满，为你们的主人的缘故安静下来吧。”他用多么洪亮的声音把这些话说出来呵，这头蠢驴！为什么我们该为他和他的“请安静下来”受这种活罪呢？让他去接受这些话筒子的邀请，而让我们安安静静吧。他是一个合不上时代的人——他的发言明白不过地显示出来——倘若他要受到鼓励，好吧，让我们把请某些弓弩手的代价也算到我们的账上，请他们把穿上整整齐齐的晚礼服的我们当靶子好了。倘若没有公宴，那就不会有宴会主持人，这一点，我以为，就说明为什么我们要举行公宴的缘故。这些人是我们的大师傅，他们把我们当面包烤①。该是打破他们的权力的时候了。让我们所有的人都去参加最后一次公宴吧，同时带去一个行动计划。当宴会主持人高呼“请安静下来”的时候，让我们向他扔面包片，唱逗乐的滑稽歌。

① 作者在这里利用 toastmaster 的歧义玩了一个文字游戏，toast，在英语中既可解为祝酒词，也可解为烘面包片，master 既可解为主持人，也可解为大师傅。

在裁缝店里

在摄政王街①的喧嘈混乱和新债券街的热闹繁华之间有一个静寂得异常的小小地区。它由几条仿佛是相互平行的短街组成，实际上却往所有的方向偏离开去。开头一看这几条街像是布满了历史非常悠久的家庭律师事务所。它们的许多窗户安装着严实的金属丝纱窗。那里的许多建筑物都有着一种庄严神秘的气派，好像老学校的职工，那些缺乏表情的膳食管理员，表面上什么都不知道，实际上什么都知道。在世界上这块地方显不出有什么东西卖。电费准不用花很多钱，因为没有一闪一闪的霓虹灯的刺眼的招牌，没有装饰得花里胡哨的橱窗使行人留连不舍。不管什么季节，那里也不搞倾销拍卖。没有人会请你在店里多留一刻，超过你愿意待的时间。你时不时看见一匹布，一条骑马裤，或者可能是一幅严肃庄重的小像，上面画着一位穿晚礼服的绅士。在你经过的时候你可以听到这类低声的招呼："如果你是一位绅士，想穿一身一位绅士该穿的衣服，那么请惠顾本店定做，我们将竭诚为你服务。"钱，当然不提，在所有诸如此类的君子交易里，这是不可能提到

① 伦敦著名的商业区。

的。因为这是裁缝店地带，萨维尔街，康多易街，马多克斯街，以及别的街——更确切地说裁缝这个行业的地带。如果你穿一套便宜的现成衣服进门，这套可怜的同类马上就会在一些地方显得大，在另外一些地方又显得小，因此而自惭形秽。如果你真有勇气（如我过去一度有过的）穿着一套现成的衣服走进这里其中一家铺子，你会后悔的。什么也没说，但是只要这里的高级职员当中有一位瞥你一眼，就会把你的衣服剥下来，不动声色地把它放进垃圾箱。

这种寂静是意味深长的。它可以被描述为属于旧世界的那种静寂，也有充分的理由这么说。在新世界里只要来得快而方便，任何东西都行，而这个地区可悲地落后于时代。它仍然在按老一套追求完美无缺。在这些金属纱窗后面对绝对完美的追求依然在进行。裁剪缝纫始终是一种艺术。在这个地方有人能真心实意地宣称裤子是美，美的裤子，这就是我们知道的一切，也是需要知道的一切。对他们来说，他们缝的最小的针脚常常可以使人感动得达到连流泪也不能表示出的深刻的程度。他们之所以为艺术家而不是商人因为事实上他们不是为取悦顾客而劳动。一个仅仅作为店主的裁缝，他按你的身材裁衣，到使你满意为止。这类艺术家则不断地叫你试了又试，到他们满意为止，那意味着他们不断精工细作，而你倒早对这件事丧失了全部兴趣。你站在那里，不过是一个躯体或一个外行，他们则继续用他们的小刀精细地拆袖子、领子，用别针别上又拿掉，用粉笔画出神秘的记号，而你早已放弃搞明白这一切是为什么而忙了。即使在那时他们也许要告诉你，平静而坚定地，他们必须再来一次。我觉得他们必须这么做是要证明他们对裁剪艺术的无私的热心。

我从没有走进自己去做衣服的裁缝店而不带有歉疚的感情。我知道我不值得他们付出的辛劳。那像一个不会欣赏音乐的人而被请去听一个晚上的莱纳四重奏①。我是那类使任何套服穿过两礼拜后看上去都显得敝旧寒酸而丧失光彩的人。也许那跟我总是随身带着两三只相当大的烟斗，几盒火柴，两盎斯左右的烟草，一只钱夹，一本支票簿，日记，自来水笔，小刀，古怪的钥匙，散碎的零钱，且不说旧信，等等，有关系。我从来不明白一个人干活的同时还能设法做到外表整洁潇洒。我觉得把衣服穿得合乎体统似乎是一种全日制的工作，由于我偏巧还有一大堆其他的事情要干，它们更重要或更有趣，我高兴穿得肥大松快些，像曾经穿这身衣服睡觉来着。我可以高高兴兴在这里这么说，可是一旦在我做衣服的裁缝店里我立刻感到内疚。他们什么也不说，然而在他们的目光转注到他们遭到糟蹋的作品上来时，眼睛里却流露出带有哀痛意味的责备。总有一天我要穿着晚礼服去拜访他们，因为我认为它们不像普通西服那么糟。但我不知道；我看不出问题的地方他们可以看出大问题，所以也许我还是不让他们看见他们的大作的下场为好。如果他们看见我没精打采地走进来，看上去像一个通过邮购买衣服的人，他们可能互相交头接耳窃窃低语说："他是那种白天有点随随便便的那一类先生。我相信，"我听见他们，急欲使自己相信自己说的话，若有所思地补充说："他在晚上是会讲究一些的。"

可是他们有他们报复的时候，他们要我走进他们那许

---

① 耶诺·莱纳（1894—1948），匈牙利小提琴家，以他为首的弦乐四重奏乐团，当时在欧洲颇为著名。

多可怖的小小的试衣室之一，那就到了这种时候了。我到这种地方进去十分钟后，就不剩一丁点自尊心了。那比在理发店里还糟，完全跟在牙医诊所里相等。站着像一个木偶，纯粹是一个骨头加肉的模型，这已经够糟了，使这种情况更恶劣的是镜子和灯光。这些镜子闪闪的光芒照射开去以致无数。每一边是一个金色里带一点绿色的风洞。我不管这些，只有一点讨厌风洞，而简直不在乎那无数的光线。可是我不喜欢自己的所有形象。不管我往哪里看，我都看见一个人，他的外貌不使我喜欢。他的脑袋大得跟身体不相称，他的身体则大得跟他的腿不相称，在那无情的明亮的光芒里他的面孔看起来有点肥大而且呆傻。他全身有一点不明显的污秽。他穿在身上的衣服，除开他那时试穿的那件，看样子显得肥大，打皱，破旧。他没有充分注意他的硬领，皮靴。他的头发该理了，仔细地刮一次胡子会使他显得有神采一些。正面看，他不会使你产生信任感。他的身材简直可笑，他的背面真的糟糕。一个女人和几个孩子跟他密不可分简直不堪设想！一个男人能有这样一副面孔和骨架，可是竟然对自己持有还过得去的意见，简直难以相信！我一边思索这些事情，可能我稍微笑了一笑。那是一种感觉——笑了一笑；可是在那个小室内二十个映像马上难看地都一下咧着嘴笑，突然产生好多皱纹，显露出大量变形的脸颊和颊肉。没法把眼光转移呵。

同时，裁缝师傅们本身，这么干净整洁，手上功夫这么灵巧熟练，则忙于使用针和粉笔。他们在这些由镜子构成的小小客厅里犹如在家里一样自在随便，从种种可能的角度反映出来，他们看上去都是体面的。他们装出一副有点巴结奉承的样子，但这是做作当中最为悠然自得的。他们知道我心中有数——我不过是我自己的影子，他们手中的一个傀儡。他们的意见，言如其人，出自他们之口，谦和稳健，通情达理，即使他们嘀嘀咕咕地说是在本岛建立西班牙宗教法庭[①]的时候了，我也会跟他们一致的。这些量身材，裁衣服的师傅们，也不管他们干什么吧，他们并不都是一个样，因此通常给我裁裤子的人跟通常给我裁衣服的人就完全不同。他个子更小，更为活跃，更加忙碌，更加喜欢闲扯，由于长期亲密地跟裤子打交道使他比别人更加民主得多，带点俗气地平易朴实。有好几次我觉得我几乎可以坚持我的意见跟他分庭抗礼。相反，裁上衣的师傅就非同一般。他有一副绷得紧紧、气色健康、胡子刮得干干净净的面孔，好像一个有点带棕色的苹果；外表看起来有点介乎教士，外科医生和偶尔骑马纵狗打猎的律师之间。他的全身都显得清爽光鲜，找不出毛病。我用多大的兴趣看别人的上衣他就用多大的兴趣看我，有一次蒙他竟肯放下架子告诉我他儿子的情况（这孩子在公学念书），我感到受宠若惊，赶快同意他说的一切。有好几分钟我真的飘飘然，几乎分享我的上衣的光荣。可是等他从什么地方拿出一支别针，再画下一根粉线，他又变得严肃起来了。

我能理解这些人的感情，他们被迫和大艺术家一块儿生活。我也能理解俗话说的九个裁缝成为一个人的涵意。这些别针和粉笔的艺术家，他们很少具有普通的人情味，要从他们九个人身上挤出足以构成一个普通公民的呆傻和友谊准是困难的。但既然花花公子如今已经绝迹，他们的世界必然是寂寞的。对于一个送钱上门的顾客，一个把他

① 中世纪基督教教会在西班牙建立的残酷迫害异端的法庭。

们做的衣服弄得皱皱巴巴、松松垮垮的人，他们愿意接收他的这些不多几句话的颂词吗?

为乏味的客人辩护

在这个季节，也就是一年的开头，我们常常发觉有机会跟在另外的时候见不到的人聚首。节日的浪潮把我们卷入难以数计的亲亲戚戚、世交故旧之中。在正月起始的日子里我们的良心恢复了一点鲜艳的花期。于是我们赶忙对“我们真的应该看望”的那些人发出邀请，以弥补过去十二个月的疏忽，或一丝不苟地不找借口拒绝他们的邀请。结果是我们发现自己有一阵子处在奇异的困境中。我们的朋友，我们的真正的朋友倒退居后台，他们的位置被三种人所占据，一种是那些（如果我们还不到五十岁）记得我们其时“只不过那么高”的人，他们倚老卖老，尽量利用这一不体面的情况，另一种是老同学，三十年来我们跟他们毫无共同之处，除非都喜欢抽烟，都讨厌交税，另一种则是一帮其他的一本正经的怪人。我们自己的小小世界的价值突然变得无足轻重；我们受到别人从种种离奇古怪而并不稳妥的角度的注意；我们受到尊重仅仅因为我们的堂兄表弟是小波林顿市检查官，我们受到嘲笑因为在十二岁时吃布丁吃出毛病，我们受到怜悯因为我们没有像我们的大姨子小姨子的丈夫，某公司的创办人那样，占用一份财产。我们吃下一次自动流放的苦头。

在这种时候跟我们见面的人通常是沉闷乏味的。这大概是我们跟他们交往成为天良重新发现的缘故，这事在六月和九月是想也没想到的，那时候这些人在记忆的可怜幻影里还抵不上一张颤抖的树叶的影子。我们的朋友，自然并不沉闷乏味；要是如此，他们也就成不了我们的朋友了。确实，我自认我的大部分朋友无论跟什么人在一起都不致被看成沉闷乏味的，除非在一群未入社交界的少女当中，即使这样，我想他们里面有些人也会表现得不错。他们之中有那么一两个是那种少见的叫人感到可爱的人，他们的外表本身就是受人欢迎的信号，会叫别人的大门敞开；要是他们从飞机上掉到某个偏僻而又是异国的城市，我相信在他们还没走完一条长街之前就会受到半打请吃饭的邀请。我的朋友就是如此，他们是妙趣横生、和蔼可亲、能言善辩、健康活泼、感觉敏锐、聪明幽默的人，我跟他们在一起感到非常愉快。可是我重复一遍，在一年当中这个时候见到的人，而且只是在这个时候，可不是我的朋友，他们是沉闷乏味的，人人都认识他们。他们不是俗话说的“衣橱里的活宝”，因为这种活宝通常是某个亲戚，一个快快活活的废物，突然在不方便的时候出现借五先令；不管怎么说，这类活宝还叫人兴奋。那些人可不一样，他们倒像这句俗话里的衣橱，毫无特色，样子简单，冷杉木打的。他们是十足沉闷乏味的人，全是规规矩矩的纳税人，国家的脊梁骨，社会的羊油布丁。

对他们作为客人有许多好话可说，或者至少偶尔适度地说几句。如果我们跟朋友在一起我们就忘乎所以，也就是说，不是在这个现实世界里而是飘飘然在一个小小的、我们自己画出来的世界里；我们跟我们的朋友一致由于同样的妄想好比太阳而感到温暖，由于同样的意见好比雨露而感到清凉。由于许多共同的语言和经验使我们共同制订出我们的计划，山冈，溪谷，道路，河流了如指掌，所以我们总是知道我们在什么地方而可以舒舒服服地旅行。一旦脱离我们的朋友的社会，置身于我们的远亲和这一类人当中，一切都改变了。我们的视野为乔治叔叔无限地扩大，他过去是在煤炭业做事，年纪老大，脑子糊涂，一点也不了解我们的性情爱好，更不关心。我们跟他们见面，犹如开始面对一个新世界，但跟它接触对我们有好处。我们被迫接受数不清的观点，我们给振奋起来，于是叫人昏昏欲睡的状态给打破，不管愿不愿意，得把大部分我们终于无条件接受的意见给放到天平上斟酌斟酌。我们跟当证券经纪人的表兄表弟终于成功地进行一次简短的交谈，犹如勃朗宁的优秀诗篇所描写的罗兰公子①来到黑塔似的，我们这位老表对文学的看法同我们对香水的看法差不离。这样的相见应该不是经常的，这绝对正确，但是假如他们自动提出来跟我们见面，我们反而退缩，那就更糟。不止一名激进的革命青年准备面对得意忘形的压迫者的法庭，但却不愿面对他的从切尔坦海姆②来的老处女姑母。

我们跟这种乏味的客人在一起消磨的光阴，不仅是一段在法庭受审的时间，而且是一段休息和恢复精力的时间。在这一点上没有什么坏处。即使是十字军战士或中世纪的游侠，一旦他们出征，至少可以避开债主。所以我们身体

---

① 英诗人勃朗宁（1812—1889）所作《罗兰公子来到黑塔》是写同名主人公的一次历险记。在他之前有许多骑士也曾试图接近黑塔，但一一失败，只有罗兰公子取得成功。当时他吹起号角表示他的胜利。

② 切尔坦海姆系英格兰格罗塞斯郡的一个小城市，与伦敦相比当然偏远闭塞。

的一部分在受这种交往的考验，另一部分则在休息，甚至受到娇惯。在乏味的社交中这一受欢迎的休息随不同的人而在形式上略有区别，下面说的也许只适用于我自己。如果是这样，我感到遗憾，但那没有办法；作为最后一招，人除了把他自己的经验写成文字就再无良策了。就我这方面来说我发现跟乏味的客人交往时有一种暂时的满足和精神上的欣慰之感，因为那可以使我从思想的重负下舒一口气。我的朋友大部分是有思想的男女。现代心理学划分所谓“稳定”的和“不稳定”的心理状态，在前一种状态下，一个人容易陷进先入之见，多半让直觉发挥作用，另一种状态则更多受变化的支配，更合乎理智。我的朋友属于“不稳定”那一类。跟他们交往，我意识到种种微妙的感觉和事物间更密切的关系，一切是相对的，变动无常的，搅成一团，遮遮掩掩，我们从黑暗到黑暗进行摸索，我们只有被短暂的光明的间隙弄得更加迷糊；绝对不容许我忘记我是一个神智不十分清楚的两足动物，一半是猿，一半是神，在一个沿着轨道穿过黑暗不断旋转的地球上，咕咕哝哝，睁眼盯视一个来小时。这很好；我不埋怨；只是不能多得叫人受不了。所以在这样的时候来找我的乏味的客人非常及时，通过他们我可以得到一点安宁。

跟这种乏味的客人交往，明显缺乏思想负担是唯一可取之处。我是根据这一理由为他们辩护的。这种交往肯定有某种舒适惬意的气氛，既没有犹豫也没有怀疑，新年之际我大胆进行这类交往时，这是我所需要的灵丹妙药。黑暗的外层空间给关在门外忘掉了。抽象的东西，如此冰凉易碎，消灭了，我们在具体的事物当中移动，它们看得见摸得着。天地缩小，变得更为温暖，富有人情味，更为我们熟悉，黄昏开始，示意拉上窗帘，点起明亮的炉火，端出茶和作为茶点的松饼。那种突然提出种种尴尬的问题要你在内心进行分析的危险谈话不再听到了。我们听到的全是实实在在令人欣慰的事情！“一年收获这么大。……老大，玛贝儿①非常漂亮。……把房子卖出这么高的价钱。……想办法找一个特好的旅馆吧。……”这本身可能没有多大意义，不过起无限的镇静作用，使像狼群一样嚎叫的思想受到牵制不能放肆。谈话本身不像气氛，精神——浅显明白这种精神那么重要，没有什么模棱两可，变化不定；无论男女人人都显出本色，今年跟去年没有甚么不同，永远乏味得精彩出色。我们不受时间的约束，在永恒中消磨一个或两个晚上，烦恼不来打扰，在一个一切是固定和惯常的世界里；一些故事以前听到过这么多遍，这么冗长，平平淡淡地讲了好几百年，我们可不管。我们再一回听到梅黛丽姑母是怎么没有赶上九点五十二分的车的；炉火在愉快的脸上闪烁，室内一切温暖舒适，室外风吹雨打，死亡毁灭，世界上的一切思想，全不相关。我们坐在那里，惬意，无忧无虑，光荣地休整，啜饮我们足以忘忧的茶，吃我们的热奶油莲子。以后，我们将像一觉醒来的孩子们一样，恢复了疲劳，机灵活泼，心情热切地往外面跑。

---

① 玛贝儿为英国普通女孩子的名字，这里作者是说跟这些客人扯的都是不用多动脑筋的家常事。

雨中的丁香

在海德堡①吃完第一顿午餐，我们走到外面来，这时柔和的细雨变成倾盆大雨，我们只好躲进一辆长途公共汽车，司机答应花下一小时左右载着我们环游城市一圈。除我们之外，剩下的旅客是四位面色阴郁的美国妇女。几分钟后导游到来，先打招呼，接着向我们微笑。此君戴眼镜，长头发，头上一顶照例必有的尖顶帽，看上去像一个搞形而上学的落拓的大学生。他的英语流利而古怪，显得完全是从书本上学到的。我们听起来与其说像德语，不如说更像德语以外的别的外国语。你听他说话，绝不相信他是一个严肃认真的普通人，却疑心他是一出旧式闹剧里扮演老外的演员。汽车刚一起动，他马上连珠炮似的用他奇特的发音对我们介绍本地的风光名胜。“上绵（面），清（请）你们看，那希（是）肾（圣）山，希（是）独（德）国人敏（民）的花园（发源）地。”这是他的表演的开场白，那几名美国妇女，——可怜的人儿——给弄得神智颠倒，呆看着他，也看着神山，一点办法也没有。

我喜欢那位向导。他是个神经质的人，有时候车行一

① 海德堡：德国西南部的古城，著名的海德堡大学（创立于1385年）所在地。古堡与圣山均为海德堡的名胜古迹。

二英里他一句话也不说，光坐在那里看雨，无疑也是在那里对世界作为意志表象的问题①进行思考。然后，也许在引起一位美国游客的注意后，又会为我们作导游讲解。他对样样东西都加以说明，树上的花，路上的石头，无所不包。他本来也许要带领我们穿过一个新的太阳系吧。头上的汗珠粲然发光，眼睛在镜片之后炯炯有神，他的英语说得愈来愈语无伦次，到这时每个词都有点像他那副玄学学生的模样。“希（是）的，希（是）的，”他一边嚷嚷，一边指点着说：“在那边那幢建筑物里，有气味的科隆税（水）使那儿——（是在那里制造的），最好的有气味的税（水）——你们知道吗?”他乞求似的看看那几位美国妇女；可是她们只是毫无表情地瞪眼回视他，没法把他精妙的短语理解为香水②直到最后她们也没有明白他的“洛可可”式③语言的意思，他却对这种风格极为热心。靠近海德堡著名的古城堡有许多高大的栗树，树上挂着蜡烛，我们跟他分手时，他站在树下，向我们挥手致意，头上依然冒着汗。栗树树叶间的雨声形成一曲优美的音乐。

如果在最后的审判日④之后世界得以重建，一切使我

---

① 德国以叔本华为代表的主观唯心主义哲学家把现实世界看作是意志（大写的 Will）的表象。作者认为这位导游是研究形而上学（主观唯心主义）的，故这么说。

② 德国科隆市以制造香水著名，科伦水即香水。此君英语不高明，发音又不准，故而叫人莫名其妙。

③ 洛可可，指十七、十八世纪欧洲流行的房屋装饰艺术风格，其特点是华美纤巧，但不适用，这里指导游的语言华而不实。

④ 指基督教《圣经》中预言的上帝对世人的最后审判日，亦即世界的末日。之后，世界受火的洗礼，由上帝之力而再生。见《圣经·启示录》。

们感到如同幻影的东西被投入了火坑，海德堡，我相信会依然像它今天的样子保存下来，在那个较小的世界里有它的一席地位。海德堡是绝对安然无恙的。在我的目光投向它的一刹那，一口小小的钟在我的心中响起。它是我每每想象的德国的古城的那个样子。德国人倘若在他们的民歌里歌唱一个城市，他们指的就是像海德堡那样的地方。它的可爱之处恰好是把美，古怪离奇，和荒谬的种种东西糅合在一起。那硕大、幽暗、草莓色的废墟，本城的古堡，构筑得再好没有了。有一会儿工夫，当薄雾飘过它犹如大锅里的水汽，它上方的林木苍郁的山冈好像通过魔法变成一抹远山时，它立刻显得邪恶可怖，妖异不祥，配合着瓦格纳式长号似的雷声隆隆，成为尼贝龙根故事里的一座城砦①。下一片刻，薄雾在太阳下消失了，这时在古堡上方葱翠的枞树顶上更远处出现一片可爱的蓝天，这个地方又呈现出小歌剧里舞台后部的幕布的模样，是神圣罗马帝国选帝侯的领土，十八世纪的，既妩媚，又滑稽，可以贴切地采用到昨晚我们在市立剧院观看的老约翰·施特劳斯②的那部歌剧作品里面去。海德堡完全是德国风味的，可以说，像威尔士或牛津完全是英国风味的一样。

如果你没有忘记德国人多愁善感的气质，那么差不多全体毕业学生的更加厉害的多愁善感，春天海德堡的明媚

① 《尼贝龙根》系中世纪德国民间史诗，叙勇士西格弗利德的英雄和恋爱事迹，作曲家瓦格纳曾根据其基本故事作歌剧《尼贝龙根之指环》。

② 约翰·施特劳斯或称老施特劳斯（1804—1849），奥地利音乐家，其子亦名约翰（1825—1899），即著名的《蓝色的多瑙河》圆舞曲的作者。

风光，你会同意，对一个重寻旧地的老海德堡人，那准是一桩非比寻常的事情。这个早晨我就看见一位老先生踉踉跄跄地走向等候着他的车子，他戴的就是学生联合会的那种式样想入非非的帽子。他准是几乎不能控制自己的感情了。要是你生活在这里，那是一个多么使你青春焕发而又傻里傻气的城市！即使是我，以前从未到过海德堡，也觉得像一个老海德堡人。我可能跑遍那些中了魔法的街道，为我失去的青春而哭泣。并不是这个地方的情境造成这种魔力，虽然它的情境是奇妙的；也不是内克河[①]，古堡，和古堡上方的树林，市政府近旁的建筑物和谷物市场，虽然所有这些地方都起着它们的作用；造成这种魔力的是城市里的鲜花和那种气氛。这是一个由于树木丛中的花园而嫣然微笑的城市。栗树因为树上浅红色和白色的蜡烛显得欢快鲜明；山楂花一齐怒放，条条街上木兰花和金链花成了近邻；教授们的别墅垂满了紫藤花，处处雨中的丁香花香得醉人。我不知道在别的季节海德堡如何，但这个时候它是一个满是潮润的丁香花的地方。内克河曲曲弯弯地在它的陡峭青翠的群山之间流过去，薄雾像一个巨人抽烟时吐出的烟气，缭绕着俯瞰城市的红色古堡。我希望在那些戴着可笑的帽子的大学生当中——他们总是把帽子高高举起——会有一些诗人，一些优秀的老派打油诗人，那么那些紫丁香和白丁香花就不致无人吟咏了。让他们对春雨打湿的丁香花脱帽致敬吧。

今天早晨我几乎烧掉我的护照，下定决心不走了。原来我们沿着雷奥波尔德大街散步，街道两旁满是光线充足

---

① 德国巴登·符腾堡州的一条河流，流经海德堡，全长396公里。

的小店铺，绿得不能再绿的树叶和大把大把的鲜花。我们继续走下去时，雨小到成了闪光的不多几滴。我们拐了一个弯，发现走到了市立剧院后的一条小街上。有一些人在附近转悠，原来他们正在听一个音色圆润优美的男低音歌手唱歌，他唱的是一支欢快的曲子，有钢琴精彩的伴奏。歌声来自一幢别墅的高层窗户。别墅稍为有点破旧，然而是一幢在自己的庭园里春光烂漫的别墅，十分可爱宜人。欢乐的男声在照耀着阳光的树叶和花朵上嘹亮地回旋激荡。显而易见是市立剧院歌舞团的一个成员在放声而歌，他为下星期演出的一出小歌剧排练。我承认这一切当中没有什么了不起的东西，然而，一瞬间又意味无穷。我自言自语我愿永远留在这儿，因为这是我感到在自己的小天地里可悲这种醒悟后而一直向往的城市，我愿意沿着横跨内克河上的哲学道漫步下去；我愿意在里特尔餐馆吃我的那一份浓菜炖牛肉猪肉片，在银竖琴餐馆饮我的尼尔斯坦纳和金堡出产的美酒佳酿；我愿意睡一张床上什么东西都齐备的床，如果必要的话，戴一顶可笑的帽子，从眼镜后阅读用哥特体字①印刷的报纸；没有疑问，许多愉快的事情会遭到禁止，但在这儿，在这个薄雾轻盈和盛开着湿润的丁香花，还有着浓厚的学术空气和小歌剧的迷人的城市里，我愿意留下来。大有可能在两个星期后我会厌烦起来，但不管怎样，那是一段挺不错的时光，我认为我在精神上始终是个老海德堡人。

海德堡人是异乎寻常地愉快的，笑容可掬，听你说话时聚精会神，但是当然他们还是跟他们的城市不相称。真

① 德语书报旧时除用普通拉丁字母印刷的外，也有用粗黑的哥特体印刷的，以示古雅。

的，大胆坦率地说吧，他们是单纯朴实的那一类人，在杜塞尔多夫①与埃森②的大街上和办公室都可能给挑出来。这不成。德国应该注意这一点。这些人应该有一种别致的、稍稍有点幻想的神气，暗示出一点十九世纪三十年代浪漫蒂克的气息③，一点诗意的——哲学的——神秘的——漂亮的——披着斗篷，拿着拐杖的"畸人"意味。这些大街应该充满美丽温柔的少女，在任何时候都准备和专心致志追求真、善、美、爱情、烟草、美酒之外，再没有其他爱好的男人白首偕老。这地方应该有一位约翰·保罗·黎希特④和早年的卡莱尔⑤的情味。《永远的是》⑥——不管那意味什么——在这个城市应该不难求取。这个地方本身具有这种气氛，而不是它的居民具有。他们正力图要看起来跟其他的德国人一模一样，这个尝试太成功了。只有大学生们，戴着他们黄色、绿色、红色的帽子，保持着这种气氛。

我不知道在德国如今进行着什么"突进"⑦。著名的"东进"⑧几年前已落到不愉快的下场，如果有什么东西代

---

①② 德国莱茵区的大城市。

③ 十九世纪三十年代浪漫主义在德国文学艺术中处于高潮。

④ 约翰·保罗·黎希特（1763—1825），德国浪漫派小说家。

⑤ 托玛斯·卡莱尔（1795—1881），英国历史家，散文家，精通德国文化。

⑥ 《永远的是》，卡莱尔的作品《重操旧业的裁缝》的第九章标题，其中阐述大自然是上帝具有生命的活衣服。

⑦ 指十八世纪晚期在德国由歌德和席勒领导的文学运动，它的全称是"狂飙突进"。

⑧ 本世纪二十年代中期：德国国内由于各种矛盾深化，出现由希特勒领导的国家社会主义运动，狂热鼓吹向东方国家（主要是苏联）夺取所谓"生存空间"，但因受到进步力量的反对而一度受挫，二十年代末至三十年代初由于资本主义经济危机，希特勒的野心才得逞。

替它，我不知道是什么。但是我——怀着一个无知和外来者的通常的歉意——建议搞一场新的运动，“向海德堡突进”，也就是说，向着披上薄雾的古城堡，洛可可式的宅第，不知开往哪儿去的大模大样的小汽艇，一些小小的城镇，人人皆知小城里主要的男高音歌手和玄学家迷失在不整齐的大包烟丝冒出的烟气里，种种庄严的小团体，它们的成员戴着有色的帽子，月光下温柔的歌声和树林里圆舞曲的调子，香肠，啤酒，烟火，向所有这些突进。我怕这不可能做到，因为现在一定要有世界政治活动，工业的合理化计划，波斯杂技，南美的商业战，加上大汽车和太多的电气，和看起来像是为火星上雄心勃勃的蚂蚁赛跑而设计的新建筑物。收音机的声音在一群钢筋水泥电气化的公寓里发出回响。这是一个受到人们敬佩的德国。但给我那我可以对之微笑和热爱、有剧院的男低音在润湿的丁香花上回荡的德国吧。

女人不治理美国

美国社会是母权制，这样的话我读到或听到一千遍了。我不同意。这样一来也许会有人对我说你不是美国人，你不住在美国，不过偶尔来游览一番而已，所以不清楚。我个人的意见也许并不重要，但假如我可以说服几十万读者这个母权统治的观点是彻底错了，那么对这个国家是一个巨大的帮助，一年也许可以节约专家所花的分析费用数达几百万美元。

自然，没有人会相信美国是这样一个在人类学意义上的国家。它的概念是："一个国家或社会演变的一个阶段，在此阶段，后裔仅按女性一方的血统考虑，所有的子女都属母亲的氏族。"在这样一个社会里，主要的神祇皆为母性神，她们是神奇的潜在繁殖力的象征。（约三千年前在许多地方她们被若干制订律法的男性神所取代。）然而大量男性相信美国正不折不扣地在变成一种新的母权制社会，日益为母亲们所统治，为妇女所控制。从表面上看，美国妇女好像确实占了上风。她们似乎是定调子的，付钱给笛师的是她们的丈夫。她们胜利地控制了第五街①，这是她们的

① 第五街：纽约的繁华街道，以讲究时髦与阔绰著称。

地盘，她们的时辰。但这一切全都是表面的热热闹闹，在蛋糕上的小小的杏仁霜。在它们的基本价值，色调，组织上，美国社会正脱离妇女的统治。美国妇女之所以起哄，因为她们觉得是处在一个男人制造的社会里。斥责这种哄闹的男人应该批评他们创造的社会，停止谈论关于妇女的废话。

在一个母权制的社会里是妇女的价值而不是男性的价值占有支配地位。在这样的社会里妇女感到完全舒畅自在。它给予她们的是她们需要的那种生活。它的形态是由妇女最为深刻的感情定形的，也带上这种感情的色调。它不仅满足她们表面的需要——洗衣机呀，电视机呀——而是满足她们内心深处的追求。这些需求是什么呢？它们跟物质毫无关系；它们是人际关系的问题。妇女欣赏物质的东西——皮毛大衣、礼服长裙——纯然是作为爱情的玩具，对她们来说是巨大的光华烨烨的现实，相比之下，国防，发明，政治，司法，财政制度是男人玩弄的把戏。在一个真正的母权制社会里，情爱，个人关系，治家，建立家庭，在安定的社会上扎根，这些在优先考虑的事情当中又是最最要紧的。它们排在首位，男人总在讨论的一切则排在次而又次的位置上。

母权制社会总是一个小社会，深深植根于泥土、传统和习俗。它绝不会试图跟大工业结合，因为这种大规模的工业总是要破坏家庭的。结果它老是使人们迁徙不定，不让他们生根。所有这一切，从母权制的角度看不是进步而是对爱的王国的野蛮侵略。它把问题摆在人们面前，在女性的价值天平上，这是个骇人听闻的罪行，无可挽回的背叛。

我揣度在母权制下妇女辛勤劳动而男人则过得轻松。只要了解在这样的社会里性爱比公事更重要的人都不会惊讶。妻子首先把丈夫看成爱人而不是一个养活她的人，并不要他干活，除非他准备中断这种关系。一个劳瘁的男人不成其为合格的爱人。一个总是犯愁的男人也绝不会成为最出色的丈夫和父亲。

在母权制度下妇女也许为家庭的富裕与舒适而辛勤工作，但是她看不到为增加某个大公司的利润而苦干有什么意义。我们可以相信在这样一种制度下，没有人会因以超声速度旅行，登月，发明大规模毁灭性武器而受到鼓励。这些精心制造的蠢事是男人头脑的产物，在一个妇女统治的社会里是不会得到容忍的。梦想这些主意，更不用说要求人人为他们而做出牺牲的男人，要是整个社会由妇女来治理，那不会让他们的日子好过的。

不管对美国当代社会的性质有些什么别的说法，它肯定是代表以男性为主的原则的胜利。也不难明白为什么必然是这个道理。美国的传统，从清教主义到开拓西部，是严格地男性气概的。工业的巨大发展确认了这一男性为主的原则。强调发明和机械，突出金融和商业是美国的特色，基本上也是男性本色。直到如今，美国社会稳步奉献给妇女真正所需的东西不是一直愈来愈多而是愈来愈少。她们表面需求的一切从来也没有更仔细地给予注意。她们内心深处的需要从来也没有如此经常地受到忽视。记住，她们真正需要的不是一大堆“物质的东西”，而是爱，安定的家庭生活，在一个稳定的社会里扎根。十有九次她们渴望接近生活，栽培作物，不要感觉自己是在某个由水泥构成的茫无边际的旷野上。

为什么美国的男子认为他们的社会正在转变成一个女权制社会呢？那是因为他们的妇女要求这么多的关心，在她们自己身上花费那么多的钱，侵入男性的一个又一个领域，如今行使着巨大的经济权①。（这最后一点常常是因为丈夫们操劳过度，早早地把自己送进坟墓。）在母权制社会里，这些男子优游自在将受到鼓励，因为大部分妇女宁愿让丈夫不费精力靠吃股息和白拿董事津贴而活。

恰恰因为她们发现自己是处在一个异己的社会里，故而这么多的美国妇女要求如此大量的关心。倘若这个社会代表她们自身最深刻的价值，她们就会觉得在这个社会里自由自在，因而也就不会喊出“看看我。关心我”的话。她们觉得，除非她们大吵大闹，她们就有受到忽视的危险，像陪着丈夫去看某种庞大的新机械，那使男人入迷而把她们抛在一边。

在美国花在妇女修饰上的钱比在世界上其他任何地方都多得多。这么做有两个原因，然而哪怕任何一个都不能使人联想到是妇女统治美国。第一个是这一笔女性浓妆艳抹的大生意对企业是有好处的，给生产和消费的无数齿轮抹上了油。不过这种不断增加营业额的主意，加上数量惊人的纯粹浪费，其本身在本质上就是男子气概的，我怀疑在妇女更深的心理层次上是引起她们反感的，在内心深处，妇女是节俭的生物。在接近母权制的社会里，妇女并不总是买新衣服而每每对她们的衣着是持保守的态度，通过一代又一代人保持同样朴素的服装。在美国的时装变迁潮流

① 这里作者暗示美国有许多有钱的女继承人，她们是百万富翁的遗孀，在丈夫去世后，接管了他们的全部事业和遗产。

的后面是一只眼睛注视着他们的资产负债表的男人。

妇女种种修饰爱好的第二个理由是她们之所以迷恋此道，是因为她们生活在一个异己的社会里。她们像矿区的女孩子，得到的报酬是天然金块，因为她们不是在她们应该在的地位上，所以必须得到优待。不仅如此，打扮得花枝招展的女人也是对男性的一种奉献，他可以对她炫耀自己的金钱与权势。天然状态的妇女偶尔打扮一下作为享受，但她不把自己看做时装模特儿。她需要的是性爱的关系，其中她要求作为一个人那么明白地看待她，赞赏她，爱她。如果把她作为一个人那样对待和爱恋，她就不需要老是以高价花钱打扮——她们所以如此是那些不把她们当真正的人对待的男子的错觉所造成的——本来是可以毋需化妆，穿着家常的宽大便服，慢吞吞地打发日子而感到相当幸福快乐的。

如果美国妇女常常提出过分的要求——这里我只不过重复我听到的许多美国男子说的话——这也许是一种报复。她们嫁给那些耗尽他们自己的精力的男人，使他们自己不适应婚姻生活——不是因为某种崇高和光荣的事业，妇女同样也能献身于这类事业的，而是由于照女权主义原理看来似乎是可鄙而又可笑的原因——例如今年比去年多卖出100000个以上的boojum①。这里值得指出的是几乎所有勇敢和具有献身精神的男性，都不仅仅专事增加利润，而能激起女性的热烈坚贞的感情。正是男人在不体面和愚蠢的工作上过分消耗精力，才使他们不得不满足女人的过分需

① boojum，英国童话作家L·卡罗尔（1832—1898）创造的一种怪物的名称，这种想象出来的动物有点像蛇鲨。

求。如果是男人自己把自己变成一个女人的供养者，那么让他拿出愈来愈多的东西去供养她们吧。如果他认为小汽车和皮大衣比亲吻和伴侣关系更为重要，那么她会要求更大的小汽车和更贵的皮大衣。但这些并不是她们真正需要的东西①。

据说——这里我又是重复我听来多次的话——多得不可胜数的美国妇女以一种非女性的方式咄咄逼人。这种咄咄逼人的姿态已被提出来作为女权制在这里得到发展的证据。这也是完全错误的。恰恰因为美国社会反映男性而不是女性的价值，这么多的女子才变得咄咄逼人。她们摆出一副敢作敢为的架势，好像她们准备在北极的气候下穿上皮大衣和皮靴子②。如果她们感到她们的世界肯定是属于男性的，那么她们认为就必须具备男性的特点。假如旁人都大喊大叫，你轻声细语又有什么用呢？要让别人听到她们发言，她们也就必须大喊大叫。从内心说，她们并不想咄咄逼人，那是迫不得已。这又造成更进一步的不满，反过来意味这种态度又强化了。这是我们长期的大害——恶性循环。

过去五十年来美国妇女，主要通过遗产继承，终于取得令人生畏、数量可观的经济权。这是一个富孀的国家。她们的影响所及有助于创造妇女掌权这种流传的说法。但这在美国社会并没有充分的根据，没有改变它的根本性质：它仍然是由男性原则而不是女性原则统治的国家。我怎么知道的呢？这里有一个十分简单的测验。现在美国有足够

① 这句话原文为斜体，表示强调。

② 意为准备应付极为严重的形势。

的毁灭性武器杀死地球上的每个男人、女人和孩子。这种令人毛骨悚然的成就，它要求数量巨大得惊人的技术、出类拔萃的组织和亿万美元的费用，不仅表现出胜利地坚持自己的权利的男性原则，而且使人想到男性精神的发展到极致。在这种疯狂状态下，女性原则在哪里呢？女人在哪里呢？女人对爱情，对人的幸福的看重在哪里呢？难道女人要求她们的金钱是这样花费的吗？只要提出问题就知道了答案。这样一个社会是由男性价值形成的，同时也具有男性色彩。它大约是与海军陆战队极为相似的母权制吧。

这里我必须坚持一个重要的观点。如果我说从男性原则向女性原则摆动现在是迫切必要的话，我并不是指妇女一定要放弃职业和事业回到厨房和儿童室去。（毕竟我结了婚，而且很幸福，娶的是一位出色的考古学家与作家，她有自己的事业。）我的意思是社会本身必须彻底渗透女性原则，在渗透时，妇女不单纯作为个人而是作为群体渗透，如同它现在为男性原则所渗透一样，我们必须接受女性价值，强调爱情，人，密切相关，以综合对抗分解，强调直觉以区别于纯粹的智力交流。

我们生活在一个病态的世界上。它是病态的，因为目前它正处在一种无望的失衡状态。它之所以失衡是因为人类给予男性原则以过多的自由，而女性原则则受到桎梏与压抑。这意味妇女感到灰心和不幸，那些感到沮丧和不幸的妇女发现难于将两性密切相关的观念，那种整体感带给他们，这是大多数男子要求从女子方面得到的。男女双方的每一方对另一方的心理需求（这一点妇女比男子理解得更好些）是深不可测的，它的根系直达我们的生命的本源。美国不是一个母权制国家，我认为将来它也不会如此。如果有一天美国的一切表现开始变得仿佛它要成为一个母权制社会，从寒光闪闪发亮的逻辑转向微笑吟吟的情爱，从为所欲为的男性原则的阴冷愚蠢变为女性原则的有热有光的时候，那对妇女和男子都是一个美好的日子。

乐 趣[①]

小专家

像别的许多作家一样，我有时吃某些小专家的煞费苦心的殷勤、傲慢和偏执的苦头。他们评论一个年纪比他们大得多的作家的作品，把它当做一篇二年级大学生的过于自负的文章。他们从一个看不见的，想象出来的成就高度俯视我们。作为一个在国内国外都相当受欢迎的人物，我大概是不受保护的野生动物；时不时他们甚至给我的妻子[②]，一位敏感的作家，同时也是一位学者，同样的待遇。他们似乎从未想到我们也可以是专家，如果我们没有在大学教书，如果我们没有教授或高级讲师的职称，是因为多年前我们就决心过另一种生活方式。如果他们私下不喜欢作专家而且嫉妒我们的自由——这是他们的言行表明的——那不是我们的过错。如果他们为了安全而不愿冒风险，我们也没有办法。让我补充一句：大专家们，现在是从场面上消失了，是不以这种方

---

① 《乐趣》是一部随想式的杂感集，共184篇，篇幅都比较短小，每篇有标题。

② 指雅圭妲·霍克斯（1910—　），考古学家，诗人，小说家。

式行事的。我的牢骚所针对的对象是小专家，他们像快跑的小狗想咬你的脚踝。

十九世纪最好

有时候我的思绪随着几个世纪的岁月信步回溯，我开始把它们加以比较，我自问，假定只允许选择其中之一，我愿生活在哪个世纪呢？不错，我生在十九世纪，虽然迟至 1894 年才出生，这样也许带有某种偏见吧。（顺便说说，我注意到许多人发现他们诞生的十年间有一种特殊的魅力。因此，我的女儿诞生在本世纪的二十年代，她就似乎迷上这十年，这种感情使我几乎全身发凉。）不管是不是偏见，我的选择现在定在十九世纪已有一段时候了。我对它的悲惨情况全都知道，工业发展到它最恶劣的高峰，阴暗的街道上挤满劳苦不堪和营养不良的贫民，霍乱肆虐的城镇，一方面是有钱有势，一方面是走投无路的贫困，都趋于极端——可它仍然是我选择的世纪，是我愿意生活在那个时代的世纪，假定说我有相当不错的收入和强健的体格的话。一个人有这些好处和保障——比方说生于 1820 年，死于 1895 年——那么照我想会跟生活在西欧任何时期一样地好。如果他对文学、音乐、绘画有一种健康的趣味，那么他可以欣赏到一大批多么了不起的新作品啊！也能欣赏到一大批多么了不起的刚萌芽的新思想啊！（本世纪只不过发展了从十九世纪继承的思想，通常是以可能最糟的方式。）也不要忘记我们的祖先。西方人类的文明根基那时还没有给毁掉。再者，在工业与丑恶迅速扩散的同时，大部分的农村，在英国和大陆都也没遭到破坏。十九世纪在国外旅行也许较现在慢些和更不方便些，但无法相比地更值得一些，使旅行者感到乐趣而不是使他们烦恼。吃喝相对来说还比较干净和有益健康，还不是乏味的化学调剂品。二十世纪在错误的方面使人悸动不安，制造出愈来愈多的混乱与噪音，用暗示和灾祸使神经日益烦躁，尤其是最近，似乎世界的末日到了。十九世纪是一个伟大的时代——就作家来说大概是最伟大的时代。刚好在狄更斯第二次启航赴美演讲之前，各界人士举行宴会欢送。当时在世的作家从未得到过这么一种方式盛大隆重的荣誉。（最近我参加过几次宴会，食品和饮料比我家里的饮食还差。）不，读者，你可以用超声的速度旅行，爬上一英里高的楼层，甚至可以去月亮跑一个来回；可是倘若我有相当不错的收入和强健的体格，我宁愿悄悄地溜走，回到那气魄宏大，有滋有味，具有了不起的创造性的十九世纪去。

时　髦

读着谈某些人的主要偏见的文章，我中途停下来——这些日子我每每突然停止——自问我有些什么偏见呢？其中之一，我得出结论是对时髦的彻底厌恶以及十分讨厌那些为时髦所左右的人。如果这是指衣服，虽然在我心目中不是位在最前的偏见，我愿意用三言两语说明一下。六十多年前我对穿着和可以买得起什么衣着（不很多）相当注意，有时候我穿上淡灰色的陀螺裤①和蝴蝶形领结，外表

---

① 一种臀部宽大而脚踝部狭窄，形似陀螺状的裤子。

看起来好像我要去参加歌剧《波希米人》① 第二幕的合唱演出。可是现在我是个老古板了，我穿得像一个老古板。

前些日子，某家时装店——天晓得什么缘故！给我送来一大堆模特的彩色照片，男女都有，穿着它最新的式样。我纳闷为什么所有这些模特看样子非得那么凶狠呢。年轻的男模特暗示他们要么刚刚脱离外籍军团②，要么准备马上卖给北京五十架战斗轰炸机。不仅如此，女模特平常每每显得魅力十足，这次也像一大批硬汉，她们站在那里，穿着靴子的双脚劈开，眼睛眯小，嘴巴耷拉下来，腮帮鼓出去，仿佛准备好挨着鞭子、拖着铁链走进集中营。我肯定时装在这里起作用，但什么作用我却不愿想。

我愈来愈讨厌在说话、举止、饮食、装饰、书籍、图画、戏剧、电影上赶时髦，也深深怀疑愈来愈亟亟于赶时髦的风气。这么多人卷进去而从不出来。甚至艺术现在也必须跟上帽子、裙子和靴子的标新立异。画家和作家，戏剧和电影导演从黑暗里冒出来，在聚光灯下眨巴眨巴眼睛，然后轮流在电视台的艺术节目上露一手之后，似乎在我们这些乡下老家伙还没有来得及决定这些节目好不好之前，就从我们的眼前消失了。有时候我觉得我好像是在瞪眼张望由喷气式发动机推着转的旋转木马。所以究竟发生了什么事呢？是不是有太多的人为当今的时代，亦即赶着我们匆匆忙忙走向消亡的单向性时间的魔力弄得迷糊了呢？是他们正在下意识地加速这个过程吗？这就是任何东西只有

① 意大利作曲家普契尼（1858—1924）的作品，他的代表作还有《蝴蝶夫人》、《曼侬·莱斯考》。

② 旧帝国主义常雇佣其他国籍的人组成镇压殖民地人民反抗的军团，这种雇佣军就称为外籍军团。

几年工夫就过时的缘故吗？我们也许是作为某个机体内的细胞而存在，这个机体已染上一种致命的疾病，到了它可怕的晚期。

没有英雄崇拜

我一生中，除开童年时代，心目中什么时候也没有过英雄崇拜，敬爱他而不加考虑地跟着他走。或许有人会说这是一种自我陶醉的自高自大的结果：我是自己的英雄。这样的解释不会使我生气。它有点道理。可是我不禁觉得这种缺乏英雄崇拜的心理，截然有别于热烈的敬爱，跟别的因素比较，假如单是因为我有一种对喜剧和其中的荒谬情节的欣赏能力，它不让我把对英雄的敬爱膨胀到崇拜的地步，是跟在我身上强烈的幽默的现实主义气质有关。

幽　默

具有幽默是说幽默始终在某种气氛中存在，跟对笑话产生哄笑或傻笑没有关系。所有我认识的人，要是他们沾沾自喜认为自己有一种“幽默感”，或说有幽默感是多么重要，那他们并不懂真正的幽默。大多数台上的喜剧演员和他们的观众是缺乏幽默的。在餐厅酒馆里表演的滑稽演员使人人大开笑口并不是名符其实的幽默家——不像坐在角落里的那个安静的人，他差不多一点笑容也没有。我认识的许多迷人的男女，他们从来不自命有幽默感，而且也讨厌一切滑稽逗笑的故事。有一双明亮的眼睛但绝不咧开嘴笑，这是仅次于做一个名副其实的幽默家的最好的事情。

女　人

“什么比智慧更好？女人。”这里我再一次引用乔叟①的话。“什么比一个贤淑的女人更好？没有。”不管这句话是在什么时候写的，或者有什么来由，我似乎觉得它表示的是一个通情达理的老人的意见。在我们还是年轻人的时候，内心强烈的情欲起伏不平，但同时又在潜意识中把自己爱慕的对象奇妙地跟理想的女性原型纠缠在一起，也就是荣格②所谓的“女性意象”③。我们通过一片迷人的薄雾看女孩子，不知道她们事实上如何。到了中年，我们以十对一的比例对异性超越心醉神迷的状态，持一种冷静的揶揄态度，可是依然看不清她们的真面目——尤其是那些贤淑的女性。要在老年，如果我们不是由于虚荣或顾影自怜的心理作祟，才会欣然同意乔叟的话。

跟妻子商量

可以从好些体育专刊版学到一个教训。不过我们只取一个例子。有人向一名技术高超的足球中锋提出数额巨大的转会费，于是这些人当中有的来找他了。这个运动员可不是一个软骨头，而是一个见过大场面的硬汉，每星期六

① 杰弗里·乔叟（1340—1400），英国诗人，《坎特伯雷故事集》的作者，被认为是现代英国诗歌之父。

② 卡尔·荣格（1875—1961），瑞士的弗洛伊德派心理学家。

③ 即Anima，在原始时期，男女都具有异性行为和情绪倾向。现代人的心灵把它继承下来，男子人格中存在女性意象，反之亦如是。

得去面对浩大的观众的欢呼与嘘声，也可能因受重伤而给抬出赛场。这一来当经理们和新闻界不断敲打着他要他做出决定时，这个粗汉却不急于同意，什么缘故呢？他说他得跟老婆商量商量，看看她对此是怎么想的。在这个非常男性化的世界，这一回绝对没有大男子主义。妇女的解放，请注意。

劳埃德·奥斯本①

浏览我的藏书时，我抽出史蒂文生的《凡立玛②书简》的最后一卷，这本书我已经多年未曾翻阅了（多半从1950年我在爱丁堡为史蒂文生的一百周年诞辰纪念致词以来就没有看过，虽然此前我老读他的作品。）在他给西德尼·柯尔文③的最后一封信里，下面的话猛然进入眼帘：

> 呵，人老了真糟糕。对我来说不啻地狱。我不喜欢年龄的安慰。我天生是个年轻人；我继续如此；在我辞世之前，是一个傻老头④，一个胡说八道的呆子——也就足够了。我可不喜欢老气横秋。……

---

① 劳埃德·奥斯本（1868—?），英作家罗·路·史蒂文生的继子，史蒂文生许多作品的合作者。

② 凡立玛系史蒂文生晚年在南太平洋萨摩亚岛上购置的地产的名称，1888年后史蒂文生定居于此。

③ 西德尼·柯尔文（1845—1927），剑桥大学美术教授，文艺批评家，史蒂文生的挚友。

④ 此指哑剧中，尤其是意大利喜剧中，戴眼镜穿窄腿裤的老丑角。

当他写这段话时年仅44岁，只有不多几个星期好活了，虽然在这几个星期之内——像经常出现的那样——他从消沉的状态下恢复过来，在他倒下来的那天依然感到活泼振奋，生气勃勃。这是在劳埃德·奥斯本对史蒂文生的逝世和葬体的记叙中表现出来的，这是一篇优秀的散文，其中我们可以听到史蒂文生的调子的回声。它是这样开始的：

> 他去世的那天早晨，他写作勤奋；已完成一半的作品《赫米斯顿》①，他断定是他一生中写得最好的一部，通过努力而取得成功之感使他振奋快乐，是别的事情所绝对做不到的。下午用做对来信作复；不是事务往来上的信函——因为这些留给以后再写——而是答复远方朋友的亲切友好的长信，这些信是最近两天才收到的，记忆犹新。
>
> 在日暮时他走下楼来，安慰他的妻子因为她摆脱不掉某些不祥的预感；他谈到他渴望进行的一次去美国的演讲旅行，“因为他现在身体是这么好，”他跟她玩纸牌以排遣她的郁闷。

在整个读完这篇写得很好的文章后，我开始想到劳埃德·奥斯本，他曾经跟罗·路·史一道从事这些南太平洋海域与海岛之行——也是他一些作品的合作者，把自己充满青春活力的精神加进了《错箱记》② 和《沉船记》③。我查阅

① 史蒂文生的最后一部小说，故事叙述赫米斯顿勋爵父子二人之间的恩怨，未完成。

② ③ 这两部都是史蒂文生创作的小说。

了几本参考书，但不能发现奥斯本死于何时何地。但我肯定记得曾在加里克俱乐部不止一次遇见过他——我想是在二十年代后期——想得起——虽然模糊不清地——他的相当冷淡但彬彬有礼的态度，他的长长的脸和沉静的面貌上（地道的美国式），隐约地一掠而过的幽默的闪光。他准享有着多么美好的回忆呵！——他如此严格地不与人来往。他根本不属于二十年代，而是从另外一个世界来到我们中间。

早恋

在读到一篇谈早恋（在十四岁开始）的文章后我一下子越过好些岁月，回到1908年左右①。那时我打算跟两个性格迥异的佳人谈恋爱。一个是玛白儿·西尔比小姐，她在勃雷福特皇家哑剧院担任主要女演员；另一个跟我年岁不相上下，是我隔壁邻居的姑娘。因为大人不允许我独自去看戏，我只看过玛白儿·西尔比的一次表演；我从未给她写过信，从未在后台入口留连不舍。但是她漂亮乌黑的发卷使我魂牵梦萦，她不是那种全身上下都过于一板正经的扮演女主角的女演员，那种贫血的人物——每逢当地的报纸提到她，她的名字就在我眼前熠熠生辉。当有人告诉我们她在跟经理部门进行一场不顾一切把人吓坏的争吵以后，可能就离开了那个演员班子，我所在的那个城市本来就够缺乏光彩，于是更死气沉沉了。随着这位女神的形象渐渐淡薄，我对西尔比小姐的单相思变成一种远距离的崇

① 作者当时也刚好十四岁。

拜。够奇怪的是我以为西尔比小姐的演剧生涯并未结束，后来我总是去伦敦西端的剧院看戏，不过我再没有见到她。另一方面我却常碰见隔壁的那位姑娘，但仅仅通过我们前室的凸窗，我在这个房间里徘徊，刚好很快瞥见她一眼。实际情况是我的父母跟她的父母关系不好，她和我从不同时参加一个交谊会，所以我们从未交谈过。我们之间的关系纯粹是我单方面徘徊——张望——相思。没有对我还答过一次微笑，一次顾盼。我的爱情不得不靠着仅仅瞥视几下那张漂亮而高傲的面孔这种贫乏的养料而维持。（假如现在有人问我一个十四岁的女孩怎么能有一个漂亮而高傲的面孔，我会摇头。可那时候——就是如此。）为了悄悄地接近她，我在能向我出现她的名字的浪漫派诗歌和历史小说里搜寻，爬梳；在这一点上她远远超过了玛白儿·西尔比小姐，后者的名字可不能把我深深带进浪漫传奇的领域。有人会告诉我——古往今来有种种类型的初恋——而我的初恋，这么不专，这么无形，这么沉默，是假的，够不上列入它的类型表。可它是事实；1908 年前后，在大踢足球和狼吞虎咽不止一客板油布丁的同时，我生活得又像一个身体柔弱的诗人，一个少年雪莱，在这个极为罕见的双重魔力的气氛中，当爱神的信使敲门时，我甚至连一次亲嘴也没有过。

年　龄

在少年时代和青年时代早期，我总是觉得比成年人要大得多，家里的朋友和跟他们差不多的人对我也是这么看的。因此，如果他们问我一个照我看似乎是严肃的问题时，我也严肃地，也许几乎是吃力地回答，接着我就看见他们交换一瞥觉得有趣的目光。我能回忆起一个例子。大概是我十一二岁时，有人问我对勃雷福特[①]业余歌剧社的最近一次演出有什么看法，无疑我庄严地做出答复："合唱好极了，但主角当中有的不怎么样。"他们既然征求我的意见，那么，这就是，我不明白为什么他们竟然觉得如此好笑。当然现在一切都颠倒过来。我觉得我远比从外表看去年轻得多。我对严肃的问题做出轻率的答复，同时人们也许却不乐。我注意到我遇到过一两次吃惊的目光。只在中年我们才感到我们的年龄是名副其实的，这意味误解少一些——但又可能有点单调乏味。

女人与批评

大部分妇女，跟从事同样工作的男子相比，比男子更愿意征求意见和听取别人的指导，而且更为感激那些提意见作指导的人。另一方面女人十有九个听不得批评，一听之下她们会马上不高兴，男人对此则会接受，或耸耸肩表示无所谓。这不是说女人比男人在一般情况下表现较差——不是。但是在对待批评这个问题上她们受不了，因为她们的头脑很少像大多数男人的头脑一样分隔成许多小间。她们本能地容易把样样事情搅和成一团，所以在开始不过是一点小小的批评可以很快被看成是那个提出意见的人，他或她所表示的上升到全面的非难，深深的厌恶，可能的憎恨。一个用急躁的声调跟妇女说话的男人，如果对她说：

① 作者的故乡。

“你在这里犯了一个错误——”那是自找麻烦。让他笑吟吟地说：“很好——棒极了——不过这儿也许有点漏洞——”我想遗憾地补充说我所认识的大多数妇女根本不会接受这篇小文。“无聊的老一套废话！”她们会嚷道。那么我只得接受——耸耸肩膀，无所谓。

一个爱发牢骚的人的辩白①

我从来就是个爱发牢骚的人。全部纪录，回溯到最早的童年，都证明了这一事实。多半我在世界上生下来就不满意，确信我阴错阳差地给送到了这个星球上。上帝立意要我扮演这个角色，因我有一张拉长的面孔，一片沉甸甸的下嘴唇，别人说我有一对"蜥蜴的眼睛"，声音洪亮而引起共鸣，你想躲开都不行。天生的发牢骚的装备，拿钱也买不到更好的了。

在约克郡的西莱定我度过开头的十九个春秋，当地所有的风习和偏见都有利于发牢骚的人。对一个地道的西莱定人来说，南方讨好人的软手段、赞扬，总有点可耻的意味，但吹毛求疵和责备却是经常而发自内心的。批评的刀刃在那儿每天早晨都磨得锋利。所以人们在维多利亚时代的黄昏和爱德华第七时代的短暂而辉煌的下午都发现杰克·普里斯特利牢骚不断，自然，这段期间他还在见习，但学得蛮快。我干过短短的一阵羊毛业，——你再没有比在羊毛业能听到更多的埋怨和厉害的嘀咕了——这培养了我发牢骚的技能。接着一战爆发，战争期间我跟某些最顽

---

① 本文系杂文集《呐喊与旁白》的序言。

强而坚持不懈的爱发牢骚的人一同服兵役，他们是英国陆军中有史以来最爱发牢骚的人，我被认为在他们最优秀的成员当中有一席之地。这以后我成为一个迅速成熟的样品。我发着牢骚通过剑桥、舰队街①，以及种种文学与戏剧事业单位。我在全世界牢骚发遍，高山大海沙漠，无处不发。我在家发，出外发，因此我的女亲属把我看成无可救药。

并不是她们从来就清楚我胜任什么工作。我们在这一点上总是互相误解。女士们的观点表现为牢骚只是使事情变得更糟，而我则认为优秀的牢骚则使事情变好。比方说，假使一家饭店供应我一顿恶劣的早餐，我不得不发几分钟牢骚，然后心理上就恢复了某种理智的平衡：牢骚是由于早餐的恶劣而发的，所以对我嚷嚷："噢——别说了，没有你的牢骚已经够呛了。"那没用。我的想法跟这话不一致。如果我没吃上一顿满意的早餐，至少我满意地发了一顿牢骚。因此对这个重大的指责——也就是故意把事情搞得更糟——我从来是清白无辜的。

另一个该辩护的问题是我老使人看起来或使人听起来，比我感觉的更糟。当我高兴的时候——而不是不高兴的时候，我想——由于某种原因，至今我还不明白，我每每做得过火。常常每遇到我觉得不过伤脑筋的事，有一点麻烦，我却显得火冒三丈，或绷着脸大生闷气。现象大于实际。我因在个人行为中受这一戏剧表演和公开演说技巧的启发而已经吃下不少苦头。我的真实的感情再三遭到误解。发牢骚时我自己也许并不痛快，但至少也不如别人想的那么痛苦（逢到排演不顺利，我常被人从戏院拉出去喝上一杯，

① 伦敦英国报刊出版业集中的地方。

他们恭维我，哄着我，单为的不让我看见演员们，那些娇惯了的家伙）。有一回，那是多少年前在一次盛大的宴会上，当时我照例正在发牢骚，一位我不认识的年轻女士，气势汹汹地转向我，对我说与其想法扫别人的兴，最好还是回家去。我吓了一跳，可以说从那以后就收敛起来了。可是虽然我乐于拿本书，签上我的名字，送给那位女士一册——遗憾的是我不知道她的姓名，祝她万事如意——事实上她对我是估计错了。她无意中听到的咆哮如雷——见鬼，我不是对她说的——只不过是一种给人看看的姿态而已。我的不满并不打算让人以为有多严重。那是过甚其词的旧病复发。尽管也许我本来应该更为检点一些，不过为此与其说我应受责备不如说应得到同情。

最后要辩解的一点。我的大部分作品，我毫不怀疑，是对这种生活的反面批评，因此大抵上是一种牢骚。这里有点缺乏自我约束，我可以姑且对你承认，但其中也有一两分可取之处。因为我每每觉得一个作家，如果只要正当利用自己的特权，就应该为那些不能轻易为自己说话的人说话。他也许会遇到麻烦——我就差点儿一头栽进危险的深渊——但如果他站出来讲真话至少没有人打算开除他，只留给他一份抵押契据和四个要鞋穿的儿女。我因此常常以别人的名义而不是以我自己的名义用文字把牢骚发表出来。还有，我总是让本能给引向反对执政党和一切有权势的人物的一边去。我是个刺儿头。我不愿把自己描写成一个天生的叛逆，因为我绝没有什么狂热的信仰，但是在我身上有几分爱冷嘲热讽的无政府主义者的习气，这种人甚至只要他们的朋友掌了权，也要跟朋友分手。不仅如此，因为我在许多方面是幸运的，我对为自己的好运而洋洋得意有一种厌恶感，我的某些吹毛求疵或牢骚满腹一直是坚决避免这种毛病的办法，很像“碰木头”①。当然说完这些意味我又发了一通牢骚。

---

① 用手接触一根特定的木头，据说可以避免厄运，这是英国的一种迷信。

呐喊与旁白[①]

三

躺在床上读侦探小说。我发现这在家是一种乐趣，如果在旅途中这甚至更是一种乐趣。白天的忙忙乱乱结束了；你舒舒服服高枕无忧，在一小块你自己的有照明的地盘里；这时候让你的头脑跟肉体同样惬意！可是为什么要读侦探小说呢？为什么不读正经八百的文学作品呢？因为，除了少数的例外——可惜太少了——严肃正经的文学促使头脑思考，精神兴奋，这不行。照我的观点，不要在卧室读。可是为什么又不找点严肃枯燥的读物，自命不凡的回忆录，过时的游记，这类用小牛皮精装的安眠药呢？我只能代表我自己说话。假如我在床上读的书太枯燥，那么我会去考虑我自己的作品，然后好几小时把睡眠赶跑。不，侦探小说则恰好是床上读的书，它的特殊的优点还没有得到充分的评价。《智囊报》曾进行过一次测验，调查侦探小说受读者欢迎的程度，这是我所知该报最糟的尝试了。许多聪明人一个劲儿地对暴力和犯罪唠叨不休，这真是一点不懂它

---

① 《呐喊与旁白》共含 112 篇短小的随想式杂感与回忆，仅有总标题，数字表明次序。

的妙处。（一个喜欢在晚上读侦探小说的人不会为上了《智囊报》而烦恼。）我们这些侦探小说迷不致于为这些故事中的暴力或犯罪因素所惑。常常，比如说我自己，我们对那种凶杀的气氛感觉遗憾，愿意侦探小说家不如此拘泥于传统，老给我们看谋杀。（一个绝妙的侦探故事——我差不多有心想写一篇——有关不愿牵涉进任何犯罪形式的人物，比方说吧，有关失纵或双重生活的。）请记住当今最严肃的小说已不再对我们要求故事情节的口味了。小说家可以是社会批评家，哲学家，诗人，或一个疯子，但他首先不再是讲故事的人了。有这样的时候，我们不需要任何人的社会批评或深入的心理透视或散文诗或世界远景；我们要的是情节，一个构思巧妙的故事，但又不是任何无稽之谈，绝不是华而不实的传奇之类。我们需要的——至少是我在深夜所需要的，你可以自找乐趣，是一个本身就是一副生活画面的故事，可是又包含一个有趣的令人困惑的谜。这就是侦探小说给我们的东西。当然那都是老一套和程式化的——想到那些最后在图书馆内开的会呀，由苏格兰场的雇员在索霍区①的餐馆请吃饭呀（喝掉值六英镑左右的酒），——它的局限也是它的魅力的一部分。它的有条理的问题与干脆利索的解决跟现实世界的一大堆乱七八糟叫人泄气的问题是截然的对比。作为爱动脑筋的公民，我们现在为好大好大的问题所困，这些问题既吓人又不能解决，所以花一两小时只为前此锁在事务室内使用电话的肉体的问题考虑该是多么愉快的事情。（我们现在知道卢福斯爵

① 索霍区：伦敦西端的一区，地段繁华，尤以有许多外国餐馆著名。

士[①]准在十点前就已死亡，可是我们又知道他显然在十点四十五分打过电话给布里吉特爵士夫人[②]——嗯，特拉维斯[③]呢?）这跟二十世纪中叶保持一个公民的清醒头脑的问题相比，是容易而切实可行的。在报纸的标题之外走进这个井然有序的微观世界使人的精神为之一爽，好像一个人在丛林中游荡了好几天之后，不知怎么回事竟然走进一个花园。我喜欢通过这些简朴的手段慢慢进入睡眠，它们的大部分是完全合乎道德的，像苏格拉底自己一样。我也许开夜车过久，那不假，只不过我一定得知道死去的罗伯特爵士是怎样想法打电话的；可是还有一个问题待我解决，我觉得迁就自己这么一两个小时反而睡得更踏实。摆脱那白天的漫长的混乱，伸直开始有点儿疼痛的双腿，怎么舒服就怎么躺，然后再一次看到那位古怪的私家侦探心情忧郁地拉小提琴或精心照看他的兰花，或重又发现那名粗暴的巡官在他的办公室里心不在焉地乱涂瞎画，知道有一个更加令人惊讶的哑谜在等着他和我，那是多么愉快的一种乐趣呵!

七

1919年初夏，在一个阳光照得令人目眩的早晨，我在上华夫岱尔[④]的伯克顿走下公共汽车，携着旅行包走进山口进入温斯莱岱尔[⑤]。我开始一次徒步旅行。但这不是平

---

①②③ 侦探小说中的人物。

④ 上华夫岱尔（华夫河谷）是作者家乡约克郡的风景区。

⑤ 在华夫岱尔以北的风景区。

凡的一次。这是我离开部队后头一回，我是最近才复员的，在受够了一年半在我看来似乎是极端无聊的例行工作之苦后。我脱下军服又成为一个明显的文职人员，一劳永逸地不管紫色脸膛爱咕哝的军人对我是怎么想的。眼前我可以度一个悠闲的夏天，之后我要到剑桥去。不过这还没有完。我受《约克郡观察家》报编辑部的委托，好像一张迷人的护照，带着任务进入这些山谷区，就我的徒步旅行写若干篇文章，每篇文章的稿酬是一几尼①。这是我的这类任务的头一回。战前我干过一点新闻工作，可以回溯到我十几岁时——那时一篇作品的稿费是半几尼，以后就从未有过了。写我乐意写的有关徒步旅行的东西——还有报酬——这太棒了；这就是搞文学嘛。把所有这些吉利的事情加起来——晴朗的早晨，上华夫岱尔，最近的复员，编辑部的委托——设想一下你怎么感觉的，然后加倍，那就是我的感觉了。往爱斯加茨的小道——因为那时它还是一条小道，而不是走机动车的大道——曲曲折折直上云霄，云雀在荒原的草地上空飞鸣，小溪在岩石间闪光，淙淙地轻唱；太阳高悬，风从天上的乐园吹来。我欢畅地走着，如今事隔三十年，我只要心情静下来一回忆，就能记得起也能感觉得到泉水在我的脚跟，我的头仰在金色的空气中。青春也许是一个受到过分赞扬的时代，但是如果一切都协力促成它如此，像那时一切促成我的好运一样，那么，它在火箭似的升入一片天堂境界的同时，仅仅难以置信地存在一两个小时，然后这片境界会对在天堂另一方的我们永远关闭。不过那时我写的文章并不怎样。

① 旧英国金币名，合现在的21先令。

九

只要杜松子酒加奎宁水[①]，再有一点炸土豆片就成。但时间和地点是重要的。闪电战期间[②]，1940年初秋，我正在伦敦白天收集材料写文章，深夜则向自治领和美国广播。这是使人疲惫不堪的工作，我总是缺乏睡眠。每到星期五下午我就去牛津郡我的妻子正逗留在那里已好几星期了的一个小村，然后在星期天下午回到伦敦，晚上主持我的“结束语”这一节目。我常常在星期五晚餐前一个小时左右到达这个小村，吃完就上床去，补足这一个星期来损失的睡眠。在餐前这一个小时内没有人需要我干活，所以我习惯沿着大路溜达到村子里的小酒店坐坐，我愿意在这儿喝杜松子酒加奎宁水，嚼嚼炸土豆片，那时小酒吧店堂里没有别的人，我除开跟女掌柜交谈几句外就没有人可说话了，由于骨头累得生疼，伸开手脚坐下，靠着小小的窗户，晚霞的光辉淡淡地透过它射进来；我交替地一口口喝着杜松子酒加奎宁水嚼土豆片。没什么东西可看也无话可说。表面上一切都是沉闷的，甚至可说使人郁郁不欢。但是经过在到处东藏西躲，伦敦的大火和忙乱，警报和枪炮，在烟雾弥漫的地下室里没有尽头的兴奋的交谈，一刹那间的麦克风广播，打电话打字，喧闹的谣言和增大的恐怖，电缆，电线，信件，用充血的眼睛看到的火焰纷飞的午夜，

---

① 起滋补强身作用。

② 指第二次世界大战期间德国法西斯对英伦进行猛烈空袭，即不列颠战役阶段。

这一切之后，这种孤独的、头脑里一点念头也没有而只有一种深不可测的和平，宁静与偏远感，这种一小口一小口的啜饮，它高高地超越单纯的满足之感而成为乐趣，永远难忘，适合于用比这种散文更好的东西加以赞美，那是一个富于诗情的时辰。……

十九

一张照片就行，甚至一张与个人毫无关系的照片。我记不起在什么时候什么地方第一次见到卡梅隆夫人拍的爱伦·特丽①的照片了，但我知道从彼时彼地起一直到如今，不论在什么地方，这张照片总是给我带来欢乐。这个少女，在照片上她闭着双眸，右手紧握项链，美中不足的是翘翘的鼻子，可是别有情趣，这就弥补了它的不足，一个美丽绝伦的姑娘。然而这不过是开始。毫无疑问，颈和肩的线条是精致的。虽然那些都具有审美的价值，可它们都不是关键的地方。实际情况是，如此蓦然出现在我们面前，是一个人的青春，我这一代人在她的暮年想到的她的青春；照片上的她早于我出生几乎达三十年，这时她是一个尤物。她不仅是年轻的爱伦·特丽或傲视一切的瓦茨夫人②，她就是女性的典型，她的灵魂隐退在这双沉重的眼睑下，这种神秘，这种挑战，这种痛苦，这种舒慰，这一切之后。假如这不是一张照片而是一幅油画、素描，也就是另一个

① 爱伦·特丽（1848—1928），英国女演员，特别擅长于表演莎士比亚戏剧，她的美貌与表演天才使不少人倾倒，其中包括戏剧家肖伯纳。

② 爱伦·特丽1864年嫁给画家G·F·瓦茨。

人的幻觉，那就不会完全相同。那将是艺术，而这，不管摄像者要求坐着的人摆出的姿势是如何故意的，以及摄影机如何掌握，总是客观的记录。在这样的一天，她就是这个样子，而不是她在某个人的头脑里吟咏的形象①。虽然这确实是一张照片，却是一张有了年头的照片，在她生前的早年拍的，所有那些最先看到它而产生爱慕之情的人都已去世了。那也是从摄影史上某一极为短促的黄金时代，由某个镜头与底片组成的纯净有力的老牌王国所留下来的遗产，一幅秋天的日光和深棕色阴影构成的杰作。所有这些事实和遐想在当时并未认识到，只是通过分析而被发现，被分解，当我们的目光接触到这幅照片时，猛然一下涌上心头，由于它们如此使人激动，于是立刻跟着产生愉快。是的，即使一张相片也能做到。

二十

旅行的人回家，谈到丘陵地区雪白的悬崖峭壁，走起来轻松自在的山坡，车窗外令人眼花缭乱的杂长的毛莨花和雏菊，我对他们的欢畅若狂并无印象；假如我离开英国一段时候，那么即使平时这里我讨厌的东西也会带给我一刹那间的欢喜。我高兴地欢迎缺乏生气的铁路侧线，永远也不走的阴暗的十一月里的月台，书报摊上的《每日废话报》和《乱谈周刊》，休息室内令人扫兴的污秽状态，华而不实的有游廊的平房，从来没有打扮得花花绿绿过一次的沉闷的小城，张贴二流音乐喜剧的广告牌，存在大量阴

① 这里用吟咏一词是指爱伦·特丽在演莎士比亚的诗剧时念台词。

暗和腐朽现象的伦敦。一种什么文明呵！一团什么样的乱七八糟呵！一个什么样的国家呵！可是我到家了……我到家了……

六十三

老年人的乐事之一，而又不是年轻人所能体会到的，那就是“不去”。我们年轻的时候不去是桩苦事。我们觉得被生活所抛弃，那整个美妙的行列堂皇地走过去，也许再也没机会了，我们向隅而泣，或在栏杆外面生闷气。没有受到邀请参加——舞会啦，交谊会啦，比赛啦，野餐啦，旅游啦，度假的团体啦，人像是矮了一大截，好多年都成了个侏儒。受到邀请而没有去——噢，真可恶！这样，在风华正茂的时候我们自己折磨自己。如今我进入老年，我不仅对我没有受到邀请毫不在乎，并且在漫不经心接到邀请后知道准备不去而觉得快乐。我是通过两个阶段而达到这种境界的。在第一阶段，多年的幻想破灭后，我断定我不去而无所损失。如今，在第二阶段，我希望也是最终阶段，我超脱出来，不再考虑我有没有失掉什么。但是难道我不想享受乐趣吗？相反，不去，这正是我想要享受的。

一一二

那些说她们对穿着无所谓的女人，犹如那些说对吃喝无所谓的男人，不应相信她们，她们的话里而有问题。对女人热烈关心衣着而嗤之以鼻的男人应该被赶到森林里去。至于我，如果看见女人扎堆讨论穿着，我感到是乐事。我觉得似乎这时候她们是最最地道的女人，这时候跟我们男人最最不同。那才完全是她们的世界。她们半是孩子，半是女巫。注意她们在这样研究衣着的会议上的态度吧。比如，她们对待自己绝对目光锐利的现实主义态度。我们这类朋友每每穿过一层善意的迷雾盯着看自己。我们绝对不相信别人说我们胖或不胖或骨瘦如柴。女士们则完全不受这类错觉支配。（注意在这种时机她们互投的直接冷静的目光。）所以在她们的衣着会上，不同于所有男性的会议，没有错觉的冲突。所有的人都是在事实的坚实基础上相见。已知的事实立即加以考虑：凯特的左肩比右肩高；梅格的臀部太宽；斐莉丝的腿太短。会议的方针——也很通情达理——是我们都非完人，所以我们如何打扮最好？（假如政治家和他们的高级助手在各种国际会议上采取同样的方针，他们就能够在一星期内改变世界。）可是一团乱麻的整个服装问题决不是这么简单而冷酷的现实主义能解决的。有一个好大的错觉是她们都有而且从未想到持有异议的，那就是以为可从这些衣服里，改改换换，就能产生出美的魅力，从这里就开始迷人的生活。有人觉得这完全是可笑的事情，我就是一个。

英国纪行[1]

考茨沃尔德[2]

在斯温顿[3]之后我想去考茨沃尔德，这是我们整个农村最具英国风味或破坏最少的地区。所以我由公路去考茨沃尔德的东大门贝尔福特。这天的天气是本地区典型的：潮湿而阴沉，天空仿佛下垂的灰色的屋顶，成团的散碎的雾气飘浮在矮林间和低处的草地上。你仿佛看了一个神秘的谷地几眼，不过在村落之间几乎不见一个人影。贝尔福特是个久已熟悉的地方，看起来有点比过去更知道自己的优势[4]，好像在这里购买风景明信片的人一直这么多。旅馆几乎没有空，大部分客人都是中年妇女——英国的，舒舒服服地来度假——就是坐在休息室的角落里写信的那号人。旅馆房间内的家具与装饰是最糟不过的，我把行李小心放好就乘车去重访在记忆里有着愉快印象的某些村子，

---

① 《英国纪行》是作者于 1933 年秋天旅行英格兰的杂记，下面是选译的一部分。

② 考茨沃尔德：英格兰西部格罗塞斯特郡的一条山脉，全长约一百公里，平均高度 180 米，以出产考茨沃尔德羊毛著名。

③ 斯温顿：英格兰南部威尔特郡的一个城市。

④ 指作为旅游点吸引观光者。

其中之一是滨水的波尔顿[①]，它有一条浅而宽的小河，它流过村子，河上有许多建筑精美的石桥。我长期以来认为它是英国最令人神往的村庄，谈起来也是如此，但是要么我的记忆出了毛病，要么这地方今不如昔，因为它似乎哪里也说不上是最好的了。它依然美丽，尤其是你如果站在任凭它的哪一座精巧的桥上去欣赏，但是有这么多的难看的建筑物，完全跟考茨沃尔德的传统风格不相称，它愈来愈变得知道利用自己的优势了。我在一个画室般的咖啡馆里喝茶，这是一间有趣的高雅的小室，陈列着一些小古董。在我的想象里它曾经跟农业或工业有点关系，然后它改成一间画室，如今它是一个风景如画的茶室：有点意味深长的连锁性结果。但我在那儿喝的茶却绝妙。兴致给好茶鼓舞起来，我于是去探访斯劳特谷的两个村庄。

斯劳特村有上下之分，我先前认为两个村子都美，现在想依然如此。它们应该保持像现在那样。一个把一块红瓦或一码波纹铁带进这两首由灰色的石头构成的交响曲的人应该用鞭子赶出这个地方。我称这种石头是灰色的，事实上没有颜色可以形容它。即使在太阳阴晦，光线暗淡的时候，如那天的黄昏，一方方石墙还依然有点温暖，有点光泽，仿佛它们知道如何使几百年来逝落的阳光在它们上面微微闪烁的诀窍。这一可爱的诀窍是考茨沃尔德的神秘的魅力要害。正是这一点而不是它的苍翠的群山，它的壮丽的森林和建筑艺术的完美发挥，使这两座迷人的村子享

---

① 英国的地名中相同的颇多，往往加“在什么河畔”以示区别，如莎士比亚的故乡，称“亚文河上的斯屈拉德福特”，等等，此处亦是这个意思。

有盛名。要不是这个缘故，它们纵然美丽然而寒冷潮湿，因为考茨沃尔德的天气常常是阴沉的。从玫瑰战争①以来从未有一个晴朗的早晨不把它的金色的温暖用魔法注入这些石头。用这样奇妙的材料盖的村落，庄园宅第，农庄，不仅仅存在下去而且像崇高的诗句一样生意盎然，使看到它们的人心情一快。这两个斯劳特村会保持原貌多久呢?我写这些多半会促使它们加速遭到破坏。那玷污它们的黑手真该诅咒。

我回到贝尔福特，在旅馆吃完饭后，一位同旅舍的客人向我作自我介绍。他是正规军的一名退伍军官。我曾评论过他创作的第一部严肃小说并且衷心予以赞扬。我们安心坐下来交谈。他刚把儿子，他唯一的而且备受宠爱的孩子送往公学②，这才回来。这孩子想当农民③，我的新交怀着愉快与骄傲的心情宣布这一事实。他的家族，他告诉我，依靠土地为生，当农民或是地主，已达八百年之久。他自己眼下没有土地，的确是过去被迫放弃的，去当兵或写作以及从事诸如此类不稳的职业，他从孩子的决定上满意地看到了某种深刻的遗传原理起了作用。他宣称什么都比不上紧靠土地好。我告诉他我是在城市的大街上长大的，过的是那种他瞧不起的乌七八糟的城市和工业地区的生活，因此对土地了解极少。他全心全意支持农民，他告诉我——“全体有胆识的农民，那是国家的骄傲”，——他认为再培养一代新的农民，将是我们的社会弊端的对症良药。

---

① 玫瑰战争：1455—1485 年间英国贵族之间争夺王位发生的内战。

② 英国的私立中学。

③ 这里的农民指小农庄主或自耕农。

对此我相当轻率地回答，虽然这一理论看来总是有吸引力，我自觉对它有所怀疑，因为在我偶尔有机会跟农民接触时，我不太喜欢他们，在一些重视农民的地区，比我更热心的人们也未必很羡慕他们。我话里面暗示在一个浪漫派文人笔下的农民，一切都不错，但跟现实中那种愚昧无知、刻薄小气的农民相比，那是大不相同的。我们用友好的方式争论下去直至就寝。我提及这次交谈是因为在我这次对考茨沃尔德的访问中那似乎是一个贯穿始终的主题。不过我的新知，像我一样，仅仅是途经这里，在旅馆只住一宿，没有明显的理由说明他为什么竟要开始这个话题。可是这确是个主题。我注意到这已发生过，遇到这种情况，每次都使人感到那已成了一种公式，蓦然间一下子强加在萍水相逢、争论和喋喋不休的闲聊，这种种混在一起的事情上。

第二天早晨我从考茨沃尔德的一个入口走向另一个入口，从东大门向北大门，我的目的地是契坪康普顿，在这儿考茨沃尔德的山地狭得成了一道精致的边缘。天气恰到好处。下方有零碎的游动的雾气，上头的某个地方则是光芒耀眼的太阳，这意味本地从来也见不到一个没有雾的白天。这是一个那样的秋晨；每株灌木都闪耀着带露的蛛丝。人在一个湿润的金色世界里神秘地穿过。样样东西都没有界限或不是处在真正的延续状态下。道路向上攀登，然后消失在某个下降的空间里。一片山毛榉林是靠近一个无法穿透的森林的终点。小小的山谷像阿伐农岛①那样偏远。村落出现如同来自另一个星球的消息。我们一边走，一边惊起一群群小鸟，使它们飞散开去，有红雀，灰雀，甚至

① 英国中世纪亚瑟王传奇中的仙岛。

金翅雀，瞬息之间，它们在我们身边一闪而过，在我们还没来得及看清前已飞走了。树木，尤其是高大的榆树，在它们纠结的枝柯间依然保持靛青的夜色，但是又会突然跳进阳光里向我们呈露一片枯萎的黄叶。有时薄雾会惹人注目地退出一小块地面，那也许是个果园，于是我们就看见一根由于成熟的累累苹果而色彩鲜艳的枝条。我们也许一直在旅行经过诗人所写的英格兰，一个由人的幻想产生的境地。在我们的道路终点是契坪康普顿，这里一点雾气也没有，完全在日丽天和的阳光下。

我没有主动去为我自己找庄园住宅参观，但我造访了几幢使人神往的古宅，每一幢都有一位热心的考茨沃尔德保护人，他们随时都准备为各种文物保护委员会服务，甚至花钱保护本地的名胜古迹。奇怪的是其中没有一个是本地人。有几位来自远方。比如他们当中就有一名新英格兰人①。另一位是兰开夏郡的富翁，他一旦抛弃了沃尔汉姆与彭莱发黑的砖墙、就把他的考茨沃尔德山庄看成犹如是珍物收藏馆，那确实是如此。对这些人来说，并不是通常的社会虚荣心推动他们的兴趣与公益心运转。他们都是真正为考茨沃尔德的美景所陶醉。青翠的山峦，偏远得出奇的小谷，粲然发光的古石，都自有它们的动人处。这些都使他们着迷一直到死。我访问时听到许多有关幽灵出没的树林里烧起露天的火堆，在狭路上出现鬼怪的故事——这确实是一个鬼影憧憧的地区——但使我感到兴趣的是吸引这些堂堂的中年人并使他们痴迷的魔力。他们永远迷失在

① 指美国东北部马萨诸塞等六州的统称。

这些格罗塞斯特郡的群山间，沉浸在这些青山翠谷的梦境里。想一想这个地区的保护神一直是多么精明吧。他们不让它受眼前的好处的诱惑，去进行丑恶的争夺，这样使它的魅力不受污染，使它的美景不遭破坏；但倘若他们需要钱，他们就对从工业黑洞里出来的有钱人施加魔法，给他们观看一栋缺乏租户的庄园住宅，一个需要保护人的村庄，从他们身上想办法变出钱来；所以这里一处又一处景色因为伯明翰与曼彻斯特的污垢与臭汗而没有遭到破坏，保持优美的原状。这对你来说是真正的魔法，我看到了它起的作用。

或许起本地区的保护神诱我在最后一天去做那次访问，这次访问的印象依旧萦回在我脑际而且保持着它本身的某种奇妙性质。我的一位朋友问我是否有意去看看一幢庄园住宅，它的主人是一位极好的但相当古怪的先生。这一建议并不使我振奋，但由于我没做别的安排我就同意出发。我们必须通过布劳威，如今我想它是所有考茨沃尔德的村镇中最知名的。保护神撇下这个地方让它自行其是，但我想那些设施并不很令人赏心悦目。总之，布劳威正举行历史悠久的传统运动会，那天早晨我们经过的时候，它由于兴高采烈的年轻人而人声鼎沸，他们刚刚乘着橙黄色和朱红色的敞篷双座车，带着《闲话报》① 从城镇到来。我注意有一家老店骄傲地自称创立于上世纪九十年代。派了许多人来参观的另一个布劳威村是可以搞得更好一些的。我们很快把这个绝非荒僻的山村抛在后面了，然后我们悄悄地进入那些青翠的小山谷之一，那使你立刻感到这么偏远

---

① 一种小报。

得古怪，离哪儿都老远老远，与世隔绝。在荒野的高山区很容易感到偏远，可是考茨沃尔德既不荒凉，也没有高山。然而你只要从大路拐一两个弯，进入这些迷人的小谷之一，你就迷失在这一片葱茏、薄雾轻蒙的山沟里和灰色的崖壁间，在空间绝处的某个地方，最后不知置身何处，在你后面的东西南北一概都不存在了。地图可以告诉你不过离布劳威或切尔坦海姆这么这么多英里，但你不需要数学家或天文学家可疑的精心计算告诉你，这只不过是相传的概念而不是难以相信的真实。这就是这类山谷之一，也是其中最优美的山谷之一，看起来好像大约从内战时期起[①]决心要把自己跟英格兰其他各地隔绝开来。当天碧空晴光灿烂，但地上万物却有一层极薄的轻雾，因此山坡，树木，崖壁都呈现单薄透明，微微闪烁的外观，看起来像是戏剧迷人的幻景。在这个山谷里有一座村落，一座古教堂，我们的目的地是那幢庄园住宅，所有这些房子盖着瓦的屋顶都已年深日久，它们挤在一起，样子可爱。我们一走进大门就看见这幢住宅，我知道这儿有一些我们想象不到的东西，我们是在普通现实的边缘上战战栗栗地观望行走，生活在我们鼻子底下也许会变成一个异想天开的童话。

这幢房子本身就是一个哥特式的狂想。虽然它具有无限的古色古香的魅力，从那组合在一起的屋顶、山墙、窗户、门口的古怪离奇中看不出什么理性。那也许是从霍夫曼[②]的故事之一里面直接摘出来的。这样的房子你曾经在

① 内战时期指1642—1646查尔斯一世与国会之间的战争。

② 恩斯特·霍夫曼（1776—1822），德国小说家，以写魔怪故事著名。

乌发公司①所拍的旧默片之一中看到过一眼，当时公司允许它的制片人随心所欲地拍摄他们偏爱的浪漫与象征的影片。在房屋主体和一个大的外屋之间有一个小小的院子，它的墙壁上画着一名毫无表情的骑士，他的手正准备去敲一口大钟。院子里有二十来只白鸽，我们走近时它们扑腾着翅膀一哄而起，在一瞬间似乎下起一场暴风雪。当最后一只鸽子咕咕地飞到屋顶上时，院子、住宅和整个的山谷又陷入万籁俱寂。听不见一点声息。沿墙垣上是盾形的纹章和漆的铭文。外屋过去则是下斜的一方方花圃，有一条小溪从一个清澈的鱼池流向另一个鱼池，穿过一丛丛矮小的黄杨，茉乔莱姆②，芸香，麝香草和紫杉树的阴影。奥丽薇娅和马尔伏里沃③在这个花园里是会丝毫不感到拘谨的。我们找不到房子的主人，关于他们的消息大门旁的园丁也说不清楚。我开始以为根本就没有这么个人，或最多也不过是个幽灵而已。最后当我们找到他时，虽然他的言谈举止都符合一个有闲的乡间绅士的身份，为人可亲，我还是没法摆脱原先的想象，因为他的衣着外貌都不像一个现代人。事实上他是古怪的英国乡绅这一著名的阶级的末代成员之一，这些怪癖和可喜的仁兄们，他们一直是爱怎么生活就怎么生活的，花钱盖荒唐的巨宅，坚持异想天开的信仰，发狂地跟人打赌。但是为什么一定是英国人呢？难道不能是堂吉诃德吗？你可以把他安置在这幢房子里一会儿。我有几分盼望见到这位骑士。

---

① 当时德国的一家电影制片公司。

② 一种唇形科植物。

③ 奥丽薇娅与马尔伏里沃都是莎士比亚喜剧《第十二夜》中的人物。

主人用十分好客的态度引导我们参观他的主宅。他不住在这里而住在外屋。住宅主体他现在用来作一个博物馆似的建筑。房屋的内部跟房屋的外部一样离奇古怪，又具有它独特的美。我们看到古老昏暗、镶有壁板的房间内部，那里收藏着纺车，轿子，四轮大车模型，武器，古乐器（你应该看看黑色的木制蛇形吹奏乐器），从北京来的闪闪放光的漆器。一个房间放满了古代的服装，一柜子一柜子的长袍，有衬架支撑的女裙，制服上衣，女帽，海狸皮帽，帽章。房间里的衣服可以用来打扮整个歌剧团的团员。我还从来没有看见过除公家的博物馆外，私人有这么丰富的收藏品。然后他领我们去参观外屋，这里有他的单身汉的起居室和工作室。这些房间初瞥一眼像是《老古玩店》[①]的早期插图。在这些奇特的要倒塌的房间里的一大堆异物，只有狄更斯小说的那些插图能给你一个概念。其中有种种工具，用具，纹章，头骨，黑体字对开本书籍，圣像画，大部头的宗教清唱歌曲，长剑与匕首，木盘，我不知道还有什么别的东西。在正屋和外屋我都没有瞥见哪怕一本现代的书籍或我们今天出版的报纸刊物。哪儿也看不见二十世纪的踪影，十九世纪只不过刚刚露头。可是主人已不再花时间收集这些过去的文物了，他眼下的癖好是构筑一个完整的袖珍古式海港；它是在宏大的成人规模上一种孩子的游戏，满不在乎全部常识，可是在专注于一些精细微妙的没用的知识方面那又是了不起的。这个袖珍港市，它的比例准是大约一英寸相当于一英尺，因为它的大部分房子大约是两英尺高，它有一个地道的港口在花园的池子

① 英国作家狄更斯的作品之一。

里。它有它的码头、商船队、灯塔、铁道网，以及车站、支线等应有尽有，客栈，大街小巷，港市外围的茅舍，以及跟实际一样，用花园里的矮树栽的树林。受过一点建筑学训练的主人是这整个海港的设计师，建筑和油漆都由他自己动手。除开港口设备，它可以移动。夏天，它被挪出来安装在园子里，冬天则挪进去。它的创建者如今决定它应该有个城堡，他让我们观看他为这个庄严的建筑物画的设计图，它有好几英尺高，轻而易举地控制这个地方，这图画得好极了。我希望村子不致由于这位两英寸的城堡领主而出现麻烦，因为这个时代已经建立起轻松的民主制度，它可能不愿意突然退回到封建制度去。这个小人国的港市有一个名称，在我的心目中是如此真实，我简直可以就它轻易地写一部小说。我明白此点，如果我有机会，我还要重访该地，看看在那座城堡的阴影下又有什么新的变化，我比它高得多，居高临下，像格里佛①似的。要是我没有机会，我也高兴看到一次。这是那天访问活动的高潮。大部分这类旅行，以带有这样的希望开始，向你提出去某个偏远的山谷，某个村子，或是不知建于何时的一幢古宅的计划，这么多的旅游点，既绝对少见又浪漫蒂克，到头来不过是一场拙劣的骗局，使你大失所望；可这次不是，它愈来愈引人入胜直至最后，我们登上月球的另一面，来到这个具体而微的港市，在它的海港里的金鱼，约九英寸长的胖乎乎的家伙，像绛金色的鲸鱼一样亮晶晶地游过来。

---

① 英作家斯威夫特所作《格列佛游记》中的主人公，他曾游历小人国。

博恩维尔[1]

我把下一天消磨在博恩维尔，天气晴朗温暖。有好几个理由这么做。首先我对制造巧克力感兴趣，我这一辈子买过也吃过大量的巧克力，十岁时还有好几次试行自制，但没有成功。其次我想看看另一个高度有组织的工厂，加德伯里巧克力制造厂，它是本地区最大的工厂之一。再说，加德伯里兄弟公司是以慈善的家长式雇主著称的，我要看看他们做了些什么。再则就是博恩维尔这个乡本身。所以我走出去，穿过尊严的伯明翰，凌乱的伯明翰，到井井有条的伯明翰[2]，它抹上了秋色，显得妩媚动人。

关于博恩维尔乡有好多话可谈。第一它跟加德伯里有限公司无任何关系。这使我吃了一惊——我想对许多人也会如此——因为我总认为这个乡镇是公司按一种家长式雇主的计划为它的工人建设的。根本不是这回事。下面是印在一份博恩维尔出版物上的某些事实。

> 博恩维尔房地产公司是由乔治·加德伯里于1805年创建的。1879年，他和他的兄弟理查德·加德伯里作为可可与巧克力制造业的合伙人，将他们的工厂从工业化的伯明翰中心迁移到这个当时完全为农村的地区，离城四英里。此次迁移给予乔治·加德伯里一次机会使他得以把久藏内心的想法付诸实行，这是他作

① 属伯明翰市的一个乡镇。

② 这里指作者游览伯明翰市容后，对伯明翰的概括观感。

为一名清晨成人学校[①]的教师跟工人接触的结果，他曾与这一学校有五十多年的联系。他由此而得出的结论是大部分社会罪恶的根源在于恶劣的住房条件，为数太多的人不得不如此生活。他本人爱好乡村生活，知悉它胜过拥挤的工业地区在物质与精神生活方面的许多优点，值工厂在它的新环境下全面建立起来之际，他开始注意给愈来愈多的工人以享受这一新环境的机会的种种方式。可是与其说他考虑的只是为他本厂的工人谋求福利，毋宁说他的想法是为“解决一个大问题做出小贡献”——这就是影响大工业城市的住房问题。

他买下工厂周围附近的土地，1895 年开始建立博恩维尔乡。五年后——于 1900 年——这片地产占地 330 英亩[②]，盖起了 300 幢房屋。彼时为使他的想法立于不败之地，他将他的全部产业移交给一个信托机构——博恩维尔乡信托公司。这样他就完全放弃他从这份资产取得的利润，使它们全部——因为它是建立在稳妥的商业基础之上的——绝不致成为任何私人和单位所有，而贡献于博恩维尔房地产公司的发展，也致力于促进其他地方的住房改革。

这些全部是事实。值得注意的是这位教友派[③]制造商，五十年前就谈论了报纸与政府如今刚开始谈论的事情，也

① 一种在早晨八时上班前的业余成人学校。

② 一英亩相当于 40. 47 公亩或 6. 07 亩。

③ 基督教新教的一个教派。

就是恶劣的住房问题。他不仅谈而且还做实事。他的所为证明是非常成功的。他的信托事业是一个合法实施的真正的住房计划。他规定每幢房屋占地不超过它本身整体面积的四分之一①，工厂不得使用任何开放区的十五分之一以上的面积，大路和花园之外土地的十分之一，应用于建造公园和公共娱乐场所。自从那时以来，信托基金会已成为类似地方政府当局行使其权威的机构。它把土地出租给许多住房公用事业社，它们是建立在合伙的基础上的。这些会社——一共有四个——盖起房子，然后把它们租或卖给它们的成员。有些试验性的平房——每幢由不同的材料建构——已经盖起来了，以考测其成本费和耐用性。有一些为单身成员盖的小巧的平房，还有一个为职业妇女寄宿盖的俱乐部。有的房主和房客为加德伯里公司工作，其他人来自伯明翰，有职员，手工业者，教师，等等。摆在我面前的小册子上的人口统计数字是相当重要的，它是截至1931年止的七年的平均数。每1000人的死亡率：英格兰与威尔士12.1；伯明翰11.6；博恩维尔6.5；每千名婴儿夭折率：英格兰与威尔士69；伯明翰72；博恩维尔56。几年前博恩维尔儿童的身高与体重，跟伯明翰最糟的地区之一的同龄儿童比较，前者比后者高出2至4英寸，重4至9磅。这片房地产正在兴旺发达起来。

我参观了整个乡，如果说它还可以叫做乡的话，因为它的面积和人口已经达到一个小城镇的规模。它的林阴夹道的大路，令人心旷神怡的空间，别墅和花园，自然不是

① 这里指住房周围属私人所有的园地等等。

三十年前的那副准使人迷醉的景象。可是它们依然比密德兰①的许多大城市边缘大部分最近盖起来的工人与手工业者的庞大的新居民区要无限高明和合理。比方说，在许多这类地产上就没有供休息的文娱设施，而在博恩维尔到处都有娱乐场地和大厅。标准的划艇运动在此地非常普及，曾经决定在最新的开发区之一再开辟一个小湖。从伯明翰招来了一批失业者进行挖掘与疏浚工作，这些人大半都不是职业的挖土工。开头一两天都不熟练，手上挖出了血，可是他们坚持下来了，在全体五十或六十人当中只有一个退出。现在小湖已开出来了；我亲眼看到，已为完整的一个标准的划艇队备用。（我提及这件事是为了那些人——他们依然人数不少——认为大部分失业者没有办法就业，要不然就是他们不愿去很远的地方找工作。我很想叫这些人当中的几位从事长期的挖黏土工作。）如果博恩维尔乡不是几乎完全由独立或半独立的小别墅组成，那会显得更加漂亮。我偏爱安排成有小院落或广场的房子。我不理解这种对独立或半独立式设计的偏爱，因为倘若房子盖成一小排一小排，你只好有雷同的花园。英国最可爱的房子，除开庄园住宅及类似的以外，是盖成一排而不是独立的。（这样的话，当然是最不可爱的，全都难看得要命。）在一条散布着小别墅的漫长的道路上有一点同时既烦琐又单调的意味，好像从胡椒瓶里撒出来似的。我对博恩维尔未能试验成排式、院落式或四边形式的设计感到遗憾；可是人们向我肯定他们的房客极少偏爱半独立式。在这些范围内，博恩维尔所做的工作极好。如果它的公共宗教活动的大厅太多，

---

① 指英格兰中部。

适合我的口味的轻松集会场所太少，毕竟我还不是它的一名房客。它的真正意义是在做出一个榜样，让人看到精心计划、没有偷工减料的营造商的算盘，可以做出什么成绩。它既不是某个大公司的宿舍，也不是某个富翁的玩具，而是自筹费用的，一项公用事业。它是人类文明的一个小小的前哨据点，依然受到野蛮的包围。

除了别的以外，这是个巧克力时代。想一想一天的旅程中你看到的巧克力商店的数目吧。这个巧克力总数中的一个很大的部分是博恩维尔的加德伯里工厂制造的。我好像几小时几小时地从这个大工厂的一个部门给推向另一个部门。它实际上是一个从事可可与巧克力加工制造的小镇。我参观了一个仓库，其中可储存十万包可可豆。这些袋子用机械升举到一个厂房的顶部，然后袋子里的原料从一层送到又一层车间，经过去壳，扬筛，烘干，压碎，加工，压缩，最后利索地装在罐子里，这些罐子是由隔壁一个房间里的一台忙碌的小机器所制造的。到处是可可和巧克力的浓得令人不舒服的香味。有人告诉我一名在这种气氛中生活了五十年的老领班，如今每天晚上仍要喝两杯可可。制造巧克力是一个更精细得多的过程，虽然我可以尝试把它写出来，但觉得没有必要。那条流水线相当长，数以千计的男女，穿着工作服，非常整洁，在管理操作好多机器。这些机器把巧克力又捣碎又搅拌，冷却后称重，然后包装，有包一块块用巧克力制的种种糖果的机器，也有印标签和包装纸的机器，那得把它们裁开，粘贴，然后装进盒内，也有制盒的机器。我看到的工厂中，给我印象最深的车间就是这制造硬纸盒和印刷发光的紫或红色标签的车间：横贯整个车间，离地板大约有二十英尺，这儿你看到一个最令人惊异的景象是几百名戴着白帽子的姑娘照管一台台贪婪的机器，严格地供应它们彩纸、油墨和纸板。在某些较小的车间里几乎没有机械，其中有一间我看到一大批姑娘们把绿色和棕色的蛋白杏仁糕利索地切成很小的小块；她们全都似乎工作得蛮愉快，虽然有人告诉我实际上她们宁愿干单调的机器活。现在我知道一块杏仁螺旋糖是如何生产的了。有一种小机械装置在顶部做出一个螺旋，你要多快就多快。我看到数以千计的果汁软糖在一根移动的看不到头的银纸带上给匆匆送到一道缓缓的巧克力瀑布那儿，这道瀑布把它们吞进去一会儿，然后把它们吐出来搁在一边，让它们冷却，这就成了真正的巧克力果汁软糖。这是我们时代的狂想性质的一部分，对我们大多数人看来微不足道的小事对某些人却是至关重要的。我看到有的部门，神情严肃的专家们在研讨一片浸泡在巧克力里面的椰子的问题，或可能任何这类小问题。有学位的人，带着图表的人，从世界各地来的工程师们，必须被请到这儿来决定那一块巧克力的命运。如果你购买一盒这类糖果，你同时也买到了这整个一支大军的服务。那与其说吓人不如说非常奇异。你必须切断你的想象，否则会发疯。即使现在我对一盒巧克力的感觉也绝不会跟过去完全一样。

有一位姑娘，她的任务是一周四十二小时守着果汁软糖匆忙走向那巧克力大瀑布。“要是她发现她的圣诞礼物是一盒巧克力果汁软糖，那姑娘不会火吗?”我对带我参观的经理说。他也根本没有把握。“我们认为对我们最满意的顾客当中就有我们的职工在内。”他告诉我。那里的别人也拿同样的话告诉我。如今就是这样的巧克力热，尽管你把一整天都用在生产巧克力的协作上，虽然你从早到晚呼吸的是它的气味，你还得像别人一样慢慢咬嚼。

诺丁罕的鹅市①

鹅市，这一古老的民俗，其意义现在跟过去已不大一样了。首先它已从集市广场迁移到城外城市边缘的林地。再则它也不再被人看成一般的假日。孩于们放半天假，但工厂并不休息。可是到当地用不了五分钟你就不可能不知道集市依然照开不误，因为几乎每辆有轨电车和公共汽车都宣布“来往鹅市”，市内到处都表现出虽不浓厚但鲜明的节日气氛。我在一家大众化的餐馆吃过中餐，这里顾客盈门，主要是妇女，其中相当一部分好像到这儿来是为了颇为公开地，表示对餐馆里小乐队的一名成员的爱慕。这位征服者，不管他是在演奏或是在餐桌间奔走，我发现这种一视同仁地分配他的好感的举动比他的音乐才能更容易得到女士们的赞赏。确实，我觉得他本来可以在默片中成为一个令人羡慕的音乐天才。最后看了这位先生一眼之后，我走到外面享受一个天气晴和的午后，在名叫方板广场②这个使人惊讶的名称的空旷地方溜达。一辆公共汽车在我身边停下来，于是我登上它的上层③，让它载我爬上山去，把城市抛下，在一个高尔夫球场的近处下车。这个球场，我再走近一些，骤然一下变成一个养鹿的公园，这里有数十只这种毛皮漂亮光滑的生物在晒太阳。我发觉走到一幢

---

① 诺丁罕，英格兰中部诺丁罕郡的首府，每年秋天在此举行传统的鹅市，为期一周。

② 原文 slab。方板，也可理解为医院中放尸体的长方形方桌。

③ 英国城市中普遍使用双层公共汽车。

大房子附近，原来那是一所博物馆，然后再到了一个有黑压压的老雪松树浓阴的花园。我在这些老树之一的绿阴下抽了一两烟斗的烟，感觉远离诺丁罕与鹅市犹如一个大马士革人，因为花园里或是在不远的亮处距离内，在黑魆魆的枝柯间，几乎没有一个人影，鹿比打高尔夫球的人还多。但这不能使我满足，我很快提醒自己，这不是我的任务，所以我回到凌乱嘈杂的闹市，在一家餐室的楼上吃了两个烤饼，喝了一壶中国茶，如果这茶真的是中国出产，通过邮寄来的，那茶味几乎泡得不能再地道了。吃完茶点后我又绕着市中心走了一圈，傻里傻气地走进一家烟草店的一处分店，买了三支雪茄，这是我生平吸过的雪茄中最糟不过的，然后回到旅馆，在门口站了一会儿，观看这时候从办公室和货栈出来的行人。当我厌倦这些一个个面孔后，我想找一两家小酒店领略一下放纵的本地风光，可是没有发现。大概时间依然太早。所以我吃了一点东西，然后像别人一样，往鹅市去。

在我的百科全书“英国的集市与市场”部分有这样的说明：“诺丁罕有一个买卖鹅的集市”。我只能补充的是在我逗留诺丁罕期间我从没见到鹅市上有鹅，甚至也没在菜单上发现鹅。我看到的鹅市是寻常的旋转木马游戏、表演、货摊等等组成的闹市，虽然，这些里面有的无疑是设计来诱惑人当中的笨鹅①的。这个集市从商业方面产生的根早已枯死了。如今它跟流行的体育运动，娱乐②，竞赛也毫无关系。它没有给人们提供互相娱乐的机会。他们在集市

① 鹅，在英语中也有笨蛋的意思。

② 指电影，舞会，歌舞表演等。

上唯一可买到的纪念品是小碟的豌豆和食用蛾螺或冰淇淋，或一包包白兰地姜饼。干脆地说如今它就是一个买卖器械的交易大会，主要是机械方面的，这些东西设计出来就是准备在尽可能短的时间内一个便士一个便士地积少成多赚一笔大钱。最使人注目的是它的规模。有人告诉我比它大的集市不多，但这是我见到过的最大的流动定期集市。我花了两个晚上参观，但绝对没有看完，当然要是我真正打算系统地考察它，我本来是做得到的。就大多数市场来说，你很快就走到了头，不管你想不想。我第一回去是在星期五晚上，天气晴朗，相当暖和，场面壮观，人山人海。在远没有看到集市本身前你就看到了上面给灯火照亮的天空，当局不容许它任意扩张，严格限制在一块长方形的地皮上；在这个范围内每一英寸土地都得到利用；旋转木马游戏，表演和货摊都列成一排排，尽可能靠紧，灯光刺眼，噪音聒耳，你似乎走进一个灯火辉煌的喧闹的广场。它的狭窄的走道上挤满了人群，多得使你只能慢慢地拖着脚步往前走，左右前后都挤得紧紧的。夹在这个张嘴瞪眼，汗流浃背，向前拥挤的人群中间的是孩子们，有的几乎跟幼儿差不多，他们早已腻烦所有那些老大的闪光的玩具，由于过晚的时间、灯火、噪音、人流而疲惫不堪，不是像小小的梦游患者踉踉跄跄地往前走，就是在父母的肩膀上打哈欠和小声嘀咕，几乎要哭出来。老着脸皮的节目主持人用话筒和扩音器把声音弄得更加大而可怕，不断猛击我们的耳膜，使我们没法从这些叫人害怕的噪音里辨清他说的是什么。机械风琴一组一组地轰鸣，它们排列得如此之近，弄得听觉连一个调子也分不出，能听到的是没完没了的令人难以忍受的杂沓的噪音。这种集市的真正顾客是十多岁的少年，他们有好几千人在人群中推搡，尖叫，发出嘘声。男孩们，他们的面孔在大量的彩色灯光下咧开嘴笑，傻里傻气，有时看起来像是从地球内部冒出来的某种是人非人族的成员；女孩的脸上粉搽得厚厚的，不过抹了胭脂和画了眉，是没有皱纹的小小的白面具，模样像从某个地狱玩具店里售出的玩偶；他们的外貌全都引人注意而又吓人。这就是鹅市，古老的快乐的英格兰的再现①。

我爬进一条殷红与翠绿两种色彩杂驳的鱼的尾巴，在付了三便士后，它便一上一下地兜圈子，把整个集市搞成叫人眼花缭乱的一团。在另一头，即鱼的嘴巴里是六名少年，挤在一起，每当这个游戏机骤然降下来，女孩子们就尖声怪叫，好像喝醉了酒乱闹的女人。高高地在最高处的一串电灯把一个跳水台照得轮廓分明，时不时一名跳水员从台上纵身跃入一个表面上有一层燃烧的汽油的水池，朦胧的银月隐约地瞥视一下，既温文又遥远，仿佛是某个古代僧侣的祝福。我去参观一场拳击表演，为了满足吼叫的观众的要求，本地的一名中量级拳手（“打他，汤姆，”他们对他嚷道），不断地痛打一名作为表演者的拳师（表演者不止一名），这是个体格结实的黑人，金色的躯干上涂着一层成熟的果实的粉霜似的东西，只剩下面孔在外。这两个人不是在拳击，不过是一轮又一轮胡打乱揍，那个黑人知道他的任务是表演，时不时会脚步踉跄，紧抓住围着拳击台的绳手，甚至倒下去，假装到了精疲力竭的地步。在预定的十轮末尾，他奇迹般地恢复过来，样子凶恶，做出吓人的手势；于是裁判员，在激动的如疯似狂的观众的怒吼

① “快乐的英格兰”是从前英国人对自己的乡土的称呼。

声中，宣布以后他们还要进行五个回合的比赛，但同时却拿着帽子要钱。这不是拳击，甚至也不是真正的打斗，不过是一场欺诈性的恶劣的猛击与表演的杂烩。除开对那些残忍愚蠢的观众这对任何人都是一种侮辱。因为没有机会听取这个黑人对生活的意见，那会比他的拳击更使人感兴趣，我离开了现场。紧挨着这儿，从一座神秘的标着“上瀑布”名称的建筑物传来夹杂着喃喃声和怪叫的震耳欲聋的笑声，我从未听见过这样厚脸皮的吼叫。我付了三便士走进里面的黑漆一团，要拐两三个弯，每拐一次里面黑得更厉害，那好比一个人掉在大西洋上的暴风中的一艘一千吨轮船的货舱里。那时我才搞明白那巨人的笑声，我依然能听到不是从我也不是黑暗中另外有人在痛苦的情况下发出的，而是由一台机器发出的。后来我听到有几台这种机器，魔鬼般兴高采烈地嚯嚯吼叫。（大概它们现在正在大路上或一个棚屋背后平静地暗笑。）当我最后在一块往下移动的台上一下被抛进瞪眼张望的人群中时，机器雷鸣般格格地笑，然后又发出一串响亮刺耳的笑声。甚至H·G·威尔斯①在他具有强烈幻想色彩的早期创作中也从未想到对我们大笑的机器。他现在可以听到了：不仅为我们而笑，并且我怀疑地想也笑我们。我继续琢磨那个刺痛我耳鼓的笑声。在围着那条鱼转悠时，我曾瞥见一个名为“幽灵火车”的节日，这引起了我的好奇。我离开鱼时这个节目不见了，可是现在又突然遇上它，人们排着队等候坐上这列木制的袖珍火车。我最后得到机会，火车随即穿过几个转门冲冲撞撞地开进昏暗的前方。这是一次危险的旅程。好些碧绿

① 赫伯特·乔治·威尔斯（1866—1946）英国小说家，作品多科幻性质。

的眼睛向我瞪视，我对着一些骷髅冲过去，刽子手的绞索在暗中拂过我的前额，恐怖的尖叫划破沉重的空气，这发狂的小火车把我径直拉进一道给灯光照得通明的虚设的墙壁，它随后又在黑暗中消失得无影无踪；两三分钟过去后我觉得经历了一次惊心动魄的冒险。要是我在等待的时候不曾见到两个疲倦的孩子的傻父母把他们带上一辆这样的火车，我本来会更好地享受这个可怖的独出心裁的机关游戏的，孩子的父母本可以猜到这些转门的后头有足够做一百个噩梦的材料。孩子们好像并不吵吵嚷嚷要试试这些神秘游戏。这么晚了，他们吵吵嚷嚷要这要那的时候早已过去，除开吵着要回家睡觉，在诺丁罕鹅市期间做一个孩子可不是好玩的事情。

我蓦然厌倦了这些使人头晕目眩的声色，愚蠢的面孔，暖烘烘的肉体的挤压，这整个集市的花哨俗气的设备装置，走出来往一处高地，我发现它是诺丁罕森林的一部分。我登上这个坡道的顶端，在那里夜晚又变得清新凉爽了，又可以看到星光。我下望鹅市，那时它完全不同了。你无法相信那儿有难以数计的带有手温的便士在转手，可耻的欺骗，患性病的面孔，像麻袋似的被拉着到处转悠的孩子，喧笑的机器：全都变了。在我和集市之间有一行树，黑魆魆的，种种游艺表演的耀眼的灯光形成一片光雾悬浮在它们上面，在这片光雾的衬托下树木的轮廓清晰地呈露出来。集市本身就是五光十色的，你定睛注视它，只看到小巧玲珑的宝石般的驼鸟、鲸鱼和龙弯弯曲曲地列成之字。咭咭嘎嘎的风琴声降低下去，在远处交织成一种轻弱欢快的交响。你感到它成了一个有魅力的地方，如果不容我走得更近一些，如果我只看看而随即被赶走我本来会发誓我被剥夺掉一个愉快有趣的夜晚。我从未看到仅仅数百码黑暗的空间产生出这么大的变化。那才是一个理应如此的集市，而实际却并非如此，大概也永远不会如此，成为孩子们心目中闪光和歌唱的集市。那是一个在夜色中光芒四射，带有浪漫蒂克幻想的金色的鹅市。我依然由于长时间的游逛而流汗，在这儿待了好久以便抽一斗烟，一边凝望幽暗的树木后方的那个光辉的奇景，然后加入匆匆沿大路而下的去乘电车或公共汽车的人流。我坐的那辆车由于一名喝醉酒的妇女而闹闹嚷嚷，这是那天晚上少见的现象。我住的旅馆的看门人行动极为迟缓，态度十分神秘，不用多久我就明白他也喝醉了。过后一阵我也愿意喝得醉醺醺，因为我曾接着花三小时听我卧室窗外大街上来往的汽车的震耳轰鸣，不用多久安静就会成为世界上最奢侈的商品了。即使现在我也怀疑金钱是否能买到比一点分外的清静独处更好的东西。那天晚上我在床上辗转反侧，既倦乏又头痛，我诅咒内燃机。要是我的考茨沃尔德朋友那时问我，我本来愿意跟他一同参加捣毁整个现代世界的十字军，它不用可怕的声音撕裂空气就无法运动。

陶　城①

陶城，本涅特②小说里著名的五城，是由伯莱斯姆、芬顿、汉莱、朗顿、斯托克和吞斯塔尔六个城镇组成的，

① 指英格兰斯塔福特郡北部的陶器出产地。

② 安诺德·本涅特（1867—1931），英国小说家，其代表作《五镇的安娜》（1902），《老妇谈》（1908）等均以本文中几个陶器制造业的城镇为背景。

现合并成一个市，名为特伦特河畔的斯托克。全市居民有将近三十万人，但它并没有相应规模的这样一个市存在。没有市，依然是个小镇。原先在合并成一个市的建议提出来时，这几个镇的居民就吵得不可开交，争论了好几年。最后联合的明显好处占了上风，于是在纸上出现神话式的特伦特河畔的斯托克市。你要是到那儿一看，看见的仍是六个镇，外表上看起来像六个分开的镇。除非你比我聪明，你绝对没有完全的把握，彼时你究竟是在其中哪个镇上；不过起码你可以欣然发誓你是在那个三十万人的城市市内某处。如今有一个位于斯托克市的中心，但甚至这一点也不能说服你。这个地方的特征，照我看，也照我感觉，就是它的普遍的小，那儿的样样东西都小。甚至风景都配合一致，虽然有山，那里全是小山。我似乎是在观光小人国。这个地区如我已经指出的是一堆杂乱无章的小镇，而在这些市镇里面，样样东西也都小。没有一样要你抬头看。陶器制造厂——当地叫做“罐行”——它们的一切没有一样大东西，没有六层楼的厂房，也没有高耸的烟囱。你看不到大仓库，高大的公共建筑。延伸如一条抻展的白缎带的房屋，有好几英里，几乎都是工人的小屋，假如说实际上按它们的规格来说并不算小，它们从设计上也使人看起来显得那么小。沿着一条道路走下去，我注意到有些小屋和小平房大胆标明“商业旅馆”，我愿发誓要是有两个同时到达的旅客住进其中的任何一家，那就能把房子住塌。我不能相信在英国的其他地区这种荒唐的玩偶之家竟然能批准做旅馆营业。除非我错得可悲，除非我受这个一切都小的观念所支配以致我的视觉都不管用了，这儿的人也小；当然，够结实的，干活随时都不错，但几乎在身高上都矮小。

甚至烟雾——在陶都这挺多——也不像别的工业地区那样，乌云一般高高地密集在城镇上空，而似乎低到刚好从屋顶上大量地飘过。我以前从未见到过这样一个小人国地区。可是它生产的茶杯和茶碟规格正常，对我来说却是奇迹。

它不同于我所知道的别的工业区。它的古怪面貌既使我反感又对我有吸引力。也许我感到反而奇怪，因为作为一个约克郡人，我既然看见这么多污秽的劳作的迹象，在预料之中我也会看到我如此熟悉的盒子似的巨大乌黑的工厂厂房和高大的烟囱，可是这里虽有比我以前看到过的地方更多的烟雾，结果要是你俯视其中任何一个城镇，那浮在上面的烟雾是如此浓厚，使你得费力搜索生火的地方。没有高大的烟囱，没有在街道两旁耸起的工厂厂房，只有一大批狭颈的瓶瓶罐罐在房顶上从四面八方窥视，看起来像圣经中的巨人在寻觅一番油或酒之后，突然在矮小的街道间冒出来。这些不消说是烧陶器的窑和炉子，通常很容易看到高出于一排低矮的小屋之上。我从未对它们怪异的模样习惯，从未改变它们给我的最初的杂乱印象，那好像是什么东方的怪物侵入到英国的工业区。可是要没有这些大烧瓶也就没有陶城；它们代表这个地区的中心。除非你准备好了要对这些炉子里发生的事情产生深刻持久的兴趣，你最好乘开往任何地方的第一班火车离去。这不是个适合闲逛的地方。遗憾的是，由于对美国出口的高级瓷器贸易额下降以及其他国家价格较廉的陶器上占有优势的竞争，使这里的许多掌握了古老精湛的工艺技术的优秀工人被迫无活可干。没有计划安排什么地方来舒慰报答这些失业的工人，我不知道大自然原来是怎么创造它的，因为它所有的手迹几乎都荡然无存了。但一直在这里的人却没有为它创造哪怕有一点点像个内陆胜地的东西。对一个陶城人来说，要么工作要么贫困，二者必居其一。对一个拿低工资按常规干活的人，有某些有限的补偿，下面我将马上说明；但作为一个除开干活就别无其他的地方，那没有什么值得介绍的。

首先它极其难看。到处你能看到开阔的空地——“旷野”，当地人骄傲地这么称它们——但这不是古希腊有田园牧歌情调的草地，可以富于诗意地在那里优闲地消磨时光。假如你年轻可以在里面踢球，但作别用就不大适合了。我很少看到大自然在别的地方比在这里更无情地被驱逐出境，其所以被赶只是为了照顾一种史前穴居的人类。文明的人类除开以陶工的身份，还没有正经到这里来做居民的，恰似特伦特河畔的斯托克市还没有真正出现一样，这件大事一旦实现，无疑将成为表现本城尊严的纪念碑。这些小镇褴褛不堪，跟赤身露体差不多，零乱地分散开去。它们既不古老而妩媚，又不新颖而漂亮，给人一种印象是七八十年前匆匆忙忙搭盖起来的，像前线的哨所或采矿用的帐篷，用过之后就听凭烟炱覆盖。极好的公共汽车班车代替了实际上的有轨电车，但代替不了轨道、电缆和站标，单纯把你从一个缺乏城市尊严和它的热闹的地点带到另一个同样的地点。六个城市并不完全一样；甚至我也看出有区别，不过这些区别要是拿它们整体跟任何文明的城市地区的巨大差异比较，那就微不足道了。我的意思不是暗示没有学校、商店、电影院和让爱好音乐的公民大过清唱剧瘾的公用礼堂，这些文化娱乐设施还是有的，按人均计算跟别的地方一样多，但给人的总印象是格外简陋，邋遢，土气，表现出维多利亚时代工业化最污秽、最富挖苦意味的方面。这些地方的面貌跟在它们里面进行的工作毫无相似之处，看到那些世代一直为韦奇沃斯、亚当斯或斯波德①工作的优秀的工匠家庭竟被判处生活在如此糟糕的洞穴里是可怕的。如果他们全是在制造挖土机、挖泥船、地雷，那倒似乎没有这么奇怪，可是不，他们是在制造像杯子、碟子、盘子、瓶子这类东西并上色。甚至稍稍带点装饰意味的东西竟然会从这些地方产生，似乎是个奇迹。一种也许是我们所知的最古老的工艺竟然还在这儿继承下去是难以置信的。那好像没有人看到作坊外面的世界。董事和经理阶级的人，当然，可以溜进他们等候着的汽车，回到他们优美舒适的在乡间的家，从那儿看陶城只不过是一片雾霭迷濛的远方。其他的人则注定要生活在这六座城市当中的这一座或那一座，要是他们勤奋工作，生活肯定不那么差。但他们一旦失去工作或被迫退休，那结果准是可悲的。那么有什么办法补救呢？青翠的田野和欢快的小河已经无影无踪，名副其实的城市起码可以为眼界和心灵提供某种东西，让人看看和想想，表示一点尊严或欢乐，一种有趣的生气，可这还没有实现。当然立刻会有人对我们说："他们已经习以为常"，毕竟"这是他们的家"。但是要习以为常，这是个多么冷酷无情的过程呵！一个什么样的家呵！

赫　尔②

在多年以后我重来赫尔。我发现我对这个城市什么也

① 以上为英国著名的陶器制造厂商。

② 赫尔：英格兰约克郡靠北海的渔港，位于恒伯尔河河口，仅次于伦敦与利物浦，为全国第三大港。

记不得了，除开它有一个好大的火车站叫做派拉贡，二十年前我就在那里乘上一班火车回家，当时我是从欧洲大陆来，在这里登岸的。此后，我再没有来过赫尔。除非你偶然去一个波罗的海沿岸国家，赫尔不是你途经的地点。你经过它到不了哪儿。恒伯尔河长而宽的河口把它从南部分割开。实际上它并不在约克郡而是自成一地，在偏远的东部，这里英格兰几乎成了荷兰或丹麦的一方。赫尔是一个正在发展的不小的城市，自产的优良的贸易商品有木材、谷物、油料种子、水果和鱼，不过它属于这类地方，你要访问它就得下决心专程而来，不总是偶然经过。我去车站旁的一家旅馆，发现头一回住进一间崭新的卧室，因为这一层楼刚刚开放。由于我曾经在这次纪行中不止一次抱怨过旅馆的卧室，我必须开列一张旅馆卧室应有的设备清单，这是一个合理的估计：自来水，良好的照明，离地板约二英尺的小型电取暖装置，还有一张舒适的单人沙发。我马上就需要取暖用电炉，因为差不多温暖如春的早晨已为一个雨夹雪的天气所代替，那也许是最近从芬兰开到的一艘船所带来的。但即使是恶劣的天气——我过去从不知道这样一个地方会有冻雨——也无法使赫尔显得像大多数海港城市那样沉闷。它有着一派兴旺发达的气象。最近几年来本地的贸易额实际并不特别突出，你可以从数字轻易证明它跟其他大部分大港口一样受到经济不景气的影响。但如果气氛比统计数字更真实——我相信是这样——那么赫尔是幸运的。它没有平常那种一蹶不振的神气，码头上也没有停滞不前的迹象。赫尔与它们进行贸易的斯堪的纳维亚和波罗的海国家的外部特点悄悄地渗进了它的外观。它干干净净，房屋都是红砖盖的。你去像伦敦或利物浦这样的大港口，会发现那里的码头和通向码头的道路都弥漫着浓重的阴暗气氛，仿佛那是日光最后发现的地方或最先离开的地方。那里只见高大黝黑的墙壁，泥泞，烟雾和永驻不走的冬天的黄昏。赫尔毫无这种令人怵头的阴晦现象。它的码头有昼有夜，通向码头的道路是地道的马路而不是黑古隆冬里车马拥挤的阴曹地府似的小路。赫尔是英格兰第三大港，贸易委员会的全部数字都说它并非相对地小康，这不能使我信服。它已肯定摆脱萧条，至少萧条的程度比梅尔西河①和泰恩河②沿岸地区要好。即使街道上飘着冻雨，也有不少行人，他们不是失业者而是去商店购物的轻快活跃的消费者。

赫尔有一支庞大的拖网渔船队。我被人领去参观在旧王子码头一艘正完工的新拖网渔船。码头处在市中心，你几乎可以让电车和渔船迎面相撞。（在布里斯托尔③也有这种奇怪的相杂情况。）工程师、铆工、木工、漆工都在为她干活，所以要想在船上各处看看有些困难，但我设法跟着未来的船长看完了一半，他自豪地让我参观了他的海图室。他告诉我这船每小时航行十一海里多，在最好的捕鱼季节可装载十八人。赫尔的拖网渔船不在北海捕鱼而是远航北冰洋，可出海达三星期之久。我喜欢这艘新船的样子，可是要在这样一只小船上跟其他十七名同伴生活在一大堆冰

① 梅尔西河在英格兰西北部，在兰开夏郡与柴郡之间，西流入爱尔兰海。

② 泰恩河在英格兰北部，诺森伯兰郡，东流入北海。

③ 布里斯托尔：英国西南部格罗塞斯特郡港口，由布里斯托尔湾通大西洋。

和鱼之间，投身于北方海域，在北角①和斯匹茨卑尔根岛②之间的某个地方，我想到宁可做别的许多工作。但这位船长的面孔，年轻，胡子刮得干干净净，一提到他的船就神采奕奕。如果他是一位新郎，那么在王子码头，充满锄头敲打声和新的油漆味，然而美丽可意，则是他的新娘。要知道他将把她带到多远的地方去欢度蜜月，你得找一本地图册，翻到北极那一面才行。

第二天早晨我及时醒来，因为我安排了去参观鱼市。人们称那是全世界首屈一指的。我们大部分人仍认为在鱼产上格林斯比③名列榜首，但如今赫尔把它比下去了——如果只算数量不计质量。去年的捕获量约215000吨，价值二百五十万镑。捕鱼是全市最大的工业。它的拖网渔船队是非常先进的，远洋捕捞的船舶，它们使用无线电，测向器，回音测深仪，以及其他的科学设备，这些都能帮助渔船在深海捕捞。我们在凛冽的早晨出发往圣安德鲁码头。一路上天气寒冷，似乎在我们到达时变得更冷，一眼望去周围全是死鱼、冰块和戴蓝手套的搬运工，人们马上告诉我这不是个舒服的早晨。可是我觉得情况不错，因为看样子北海的鳕鱼可能全给捞上来了。一边是朦胧不清的帆樯和烟囱，在早晨银色的雾霭里细密地纠缠在一起，虽然混乱但看起来叫人喜欢；另一边，就是我们站立的地方，是一片广大的“桶”场，全是开口的大木桶，有三英尺深，

① 北角：挪威最北的地点。

② 斯匹茨卑尔根岛：北冰洋上属挪威的一个岛屿。

③ 格林斯比：英国的一个渔港，在赫尔东南。

人们把鱼按类别区分后放入桶内。我们一眼看到无穷无尽的大小鳕鱼。但还没来得及细看我就被人引去参观市场的中心建筑。赫尔十分为它自豪，它包括商家办事处，银行，铁路办事处，还有一个邮局。我不得不都看看，它们跟别的地方的各种办事处没有太大不同，除非它们由好几英里的死鱼所包围，同时办公的时间也不一样。它们必须在深更半夜上班——工作时间是非常冷的——我想我往这些办事处内部察看时，那已早过了它们的正午了。这种与众不同的工作时间自有它们独特的气氛。我相信，如果我是一名职员，我倒宁愿在这样的时间里工作。在漆黑的夜晚上班去，在账本旁看破晓，在别人刚刚开始坐下来从事一天的劳作时你却要结束了；所有这些全使我高兴，使工作具有一种紧迫感和浪漫蒂克的意味；你会总觉得是在圣诞除夕和宣布战争之间的某个时候工作；再说，也并非最不重要，你在从事这类工作时非得经常靠一杯又一杯茶来支持不行。我最喜欢的那个房间是拖网渔船船主与鱼商俱乐部，很容易闻到它有一股香肠和雪茄烟的气味，房间里还有一副挂图，上面标明了所有出海的拖网渔船的位置。在吃完你的香肠后，那是你的劳动所得，从黎明之前起，你就已经起身了，这会儿你点燃一支雪茄，站在这幅图表前，想知道在摩尔曼近海①什么地方的“安妮·布朗”号情况如何。我记得读过一部小说，它的主人公因为不愿步他的叔父后尘做鱼产品批发商而起来反抗，理由是这种生活太过于平淡无聊了。那位小说家根本不知道鱼商的情况。他应

① 摩尔曼近海：俄罗斯科拉半岛北部，靠巴伦支海的海岸，其近海水域为巨大的渔场。

该参观赫尔。你可以正当地反对这种跟鱼打交道的生活，因为它太浪漫蒂克得没边，太冒险，工作时间又不正常；但说它平淡乏味则是荒唐的。它让你去的赌场胜过蒙特卡罗①，气氛也更加富有诗意得多。

我们去参观真正的鱼市场，行走在排成一行行的大木桶之间。在大大小小的鳕鱼以及冰和盐中间，那是挺阴湿寒冷的。北极的气息刺痛着我们的脸蛋。我们也好像在摩尔曼近海。鳕鱼，有各种大大小小的，早晨捕获的主要是鳕鱼。我只看到不多的大比目鱼，但它们的身躯极大，躺在那里像被人谋杀的罗马皇帝。这种胖大的鱼尝起来不如看起来过瘾是多么可惜，死鱼的颜色发白。我跟一位拖网渔船的船主交谈，除别的事情外他告诉我拖网渔船的船员是与众不同的一族人，也许是我们这个已开化的岛屿上最后的野蛮人。他们可以不吃不睡日以继夜地干活，假如情况需要的话，然后以同样的精力和狂热喝酒。他们对自己的船长是忠心耿耿的，可是对别人和其他的事根本不在乎。我不禁想不给我们拍一部有关这些人的故事的电影是说不过去的，他们就在我们身边生龙活虎地拼命干活，让他们替换一下过时的西部片里面的英雄和黑社会的盗匪密探吧。这些人的生活还没有硬塞进大城市的职员和大商店的顾客接待员的枯燥乏味的模式，是又一个保护我们的渔业的理由。让我们——为了明智的缘故——保持我们人类的一点多样性。我们也可以让我们菜单上的花样多一点嘛。人们带我参观好些种类的鱼，它们在国内根本没有市场，因为英国人，甚至最穷的，碰也不愿碰它们。它们重新装运到

① 蒙特卡罗：欧洲摩纳哥公国的首都，以赌场闻名。

欧洲大陆，大陆人要么更聪明，要么不那么挑剔。在不受欢迎的鱼种当中，有一种有角的粉红色的鱼，内行称为“斯瓦迪”，这个名称在旧俚语中意思是“丘八”。我听到一位拖网渔船船长的描述，他向另一位也在北海捕鱼的船长打招呼，问他从哪里来。“阿尔德肖特”①，这是他满心不快的回答。“到目前为止，我除开一批该死的斯瓦迪就什么也没捕到。”那天早晨，这种鱼以每桶三先令的价格出售，一大家够轻松地吃一星期。我不是建议任何家庭应该试试一星期都拿它作菜肴，但是那并没有什么坏处——法国人，他们的口味至少跟我们一样讲究，拿这种鱼派很多用场，我想我自己在法国吃过——看到这种鱼以及其他若干种完全可以吃的鱼，在一个有这么多的贫困人民靠面包和人造黄油而生活的国家里根本不受欢迎，似乎是不可理解的。我的全部时间都用在参观巨大的制冰厂和鱼食品和鱼油制造厂上。我一直在纳闷，由一个经办企业的卫生部来处理这个食品问题是否不可能，并不是迫使一大批穷人去吃他们不想吃的东西，而是给他们当中更富进取心的家庭主妇一个机会，不用花更多的钱就可以摆脱糟糕的以茶和面包、人造黄油、烤土豆为主的饮食。看来滑稽的是每天有成吨鲜美可口而营养丰富的鱼运到这里来，然后以便宜的价格出口，就因为有一种普遍的不喜欢这种鱼的偏见，大概可回溯到古老而富裕的“给我一块厚厚的牛排”的日子，那时候我们全都勤奋工作，可以生活得像老爷一样②。

我很高兴有考察赫尔的机会，即使是以非常随意的方

① 英国南部汉普郡的一个城市。

② 这是指英国经济衰退前的年代。

式。它作为一个稳重而通情达理的城市留在我的记忆里，它本身一点也不迷人，然而绝不是没有浪漫色彩，汉萨同盟①的城市，冰山和北极光近在咫尺。我不知道那些城市是否非常爱好音乐，如果是，它们一定要坚持听听西贝柳斯②的交响曲和音诗。要是这些音乐演奏得时间够久和声音够高，我可以想象出来堆累的木头会因此振动而发出声音，也许忽然间长出来绿色的嫩芽，表面上死去的大比目鱼也会抬起它们的巨首吧。

从林肯到博斯顿③

从林肯到博斯顿距离不远，但火车开得不慌不忙，沿威荷姆河闲闲地在它的河岸上徜徉，好像一个钓徒。我注意到一大群野生的鸟类，可是叫不出它们的名称。我称它们为野生鸟类，并非因为你在这些地区可能遇到一大群驯养的鸟，而不过因为我觉得这些鸟儿非常罕见，似乎从异国而来，它们是这个地区的偏远性的一个主要特征；我从来没有到过使人感觉比这更偏远的地方了。这相当奇怪，因为我毕竟是坐在火车上，不是在荒原或沼泽，离铁路老远老远，渺无人烟。这片南林肯地区，从凯斯特文到荷兰④，绝不

① 汉萨同盟：十三到十七世纪北德意志诸城市结成的政治与贸易同盟。这里指赫尔与德国北部的卢卑克、不来梅、汉堡诸城市仅一海之隔。

② 吉恩·西贝柳斯（1865—1957），芬兰作曲家，作品带有北欧，尤其是芬兰的民族音乐色彩。

③ 作者在本文描写他在英格兰林肯郡东南部的旅行，因为这儿的地貌极像荷兰，因而被称为荷兰行政区。林肯是林肯郡的首府。

④ 这是指英国的荷兰。

是凄凉沉闷的人烟绝迹的荒原；它的大部分地区都不错；文明开化比我的家乡西莱定要早得多。这种偏远感来自它的地理条件，因为它是蜷缩在一个古怪的角落里；部分是由于它带有的异国特色。人们称这个地区为荷兰不是没有道理的。这个地方是荷兰式的英国。连火车也是用荷兰方式轻松从容地走。早晨的天气寒冷，但非常晴朗。河岸上的冰反射出蓝莹莹的光泽。农舍是红砖的建筑，温暖而舒适。更近博斯顿则出现风车，真正的风车，辛勤工作，不仅仅作为风景的点缀。随着时间前进，景物愈来愈像荷兰而不像是英格兰的。火车拐一个弯于是我头一遭看见以"博斯顿树桩"而驰名的令人惊异的教堂塔楼；这个塔楼不到三百英尺高，可是它屹立在那儿，我觉得不作为一个建筑物而作为一幢摩天楼，比一千一百英尺的纽约帝国大厦给我的印象更为深刻。这完全是一件对比的事情，因这片地区在相当远的距离之内是平坦的，你看不到高出于地面二十或三十英尺的东西，猛然间这楼一下冒出来近三百英尺。结果起初一看巍峨如山。你同情那些老博斯顿人，他们厌倦了林肯郡平坦的田原和大海，横下一条心盖一座楼，直盖上云霄。如果上帝不让他们盖那么高，他们会把它送给他，让他去盖。当然，从远处看，这楼的样子是够生硬的，称它"树桩"并不亏，实际上从建筑学的角度看是一件优秀的作品，跟派生它的宏伟的古教堂一样优美。有个时候，在十三世纪，当博斯顿还是一个多少有点重要的港口时，（那时它是全国第二大港，）——塔楼被派作好多用场，尤其是灯塔成了瞭望塔。但它的主要用途，不管是过去或现在都是对单调的平原起着壮观的点缀作用。

那天是博斯顿的集市日。广场上摆满了货摊，市中心的余剩的空间都由宽脸盘的粗壮结实的农民和他们的人或肥大的阉牛所占。如果说本地区有什么农业萧条的显著迹象，至少我没看见。我所住的旅馆是在集市的广场上，住满了农民和农场工人，闹哄哄地买啤酒喝，不容易挤进去。这会儿已经是下午开始好一阵了，我想一天的交易已经完毕，那是用一两壶淡啤酒庆祝生意签字盖章的时候。我从未见到过在一个立体空间里有比这儿更多的宽大的酡红面孔。再加两个农民和一个种子商旅馆就会爆裂。假如博斯顿在农业不景气的时候都是如此，那么繁荣的时候会是什么样子呢？那个“树桩”该用啤酒去浇，用啤酒的泡沫装饰起来吧？但这当然是一星期中他们的一个活跃的盛大节日；一两天后他们都会回到他们红色的舒服的田庄上去，周围有广大的田园，在下一个赶集日之前，除开一两个邻居外多半见不到任何人。再说，这也不是典型的农业区。博斯顿是大农庄地区的集镇城市，每一农庄占地五百英亩左右，它们的土地是肥沃的淤泥沉积土，作物以多样性而令人羡慕。作为一个港口的博斯顿，它的衰落过程使它一步步内陆化，却使整个农业社会富裕起来。现在这里的农民种植小麦、甜菜、马铃薯和多种菜蔬。虽然一个好挖苦的当地人对我说：“土豆？噢，我们在本地大量种。可是有人买进大量便宜的德国土豆；把它们收藏一年，然后以本地产品的名义出售。滑头的家伙，我可以告诉你——噢。”

在城里考察不很畅快，因为朔风凛冽，而且奇怪地夹着砂粒，要是你的眼睛不是冻得流眼泪，那就会为排除沙砾而流泪。广场上的货摊没什么好看，因为它们几乎跟任何城镇集市的货摊没什么不同。我去参观教堂，它里面没有游客。付过六便士我开始登上塔楼。楼梯长而陡，梯级愈来愈狭而黑，最后幽深得令人害怕。最后我全身既痛又累，爬到了顶上的一个小平台，这儿凛冽刺骨的寒风刮得挺凶猛，使我的眼睛针扎般痛。通过一层使视线为之模糊的保护性泪水，我定睛俯瞰那具有奇异特色的荷兰风光，小巧的古城蜷缩在我脚下。从这儿放眼看去就明白几个世纪的岁月是如何平静地把这个原来是海港的城市夷为平地的，那儿的长河曾经一度是无际的沧海，现在城市以外弯弯曲曲地奔流好几英里，穿过青翠的牧场，与后退的瓦什湾汇合。但由于风太大，不能在那里久留，我从楼顶卡嗒卡嗒地踏着长而黑的楼梯下来，全身和双腿痛了几个小时都没有完全恢复。在楼底仍旧有一点天光，虽然太阳已经下落，天气比原来更冷，我决定沿河岸走一段路。

旧城的大部分都已拆毁，但残余的部分给人愉快的感觉。到处的波形瓦叫人看起来感到舒服，它们一向如此。有几艘渔船停靠在河畔，一个流浪汉在桥边他自生的一堆火旁烤火。他是这个地区我见到的唯一的流浪汉，原因可能是这里的冬天太冷，人口又不多，乞讨不易。流浪汉的分布是我很想知道的一个有能力的当局如何掌握处理的问题。决定他们迁徙的原因是什么呢？比方说，这儿就几乎没有，出现在自己生的火堆旁烤火的那一个，这现象值得注意。在别的地区，他们绝对不从你视野内消失。有个时候我住在牛津以北的乡间，那儿沿牛津——伍德斯托克大路我看到的流浪汉比此前与以后看到的都多。不论是冬夏，也不论什么天气，沿途总有几十个成为一列。我不明白为什么那儿的流浪汉比别的地方多，虽然我能理解为什么他们的足迹不踏上东英格兰的这片地区，那是因为这里的风阴冷而村与村之间的道路长得令人疲累。我本来可以问问博斯顿城外的这个流浪汉，但是由于他全身暖和，也许这是好些天来头一次，他的样子几乎像睡着了，所以我不去打搅他，让他在火旁迷迷糊糊地做他的好梦。如果你没有地方可去，只能睡在露天下，同时还生起一堆火暖和暖和身体，这并不犯法。值得记住的是，基督的十二个门徒作为流民，在这个基督教社会里，那是很容易招致逮捕的，还不考虑他们起破坏作用的说教，相比之下，这个流浪汉可说是走运了。

我转往桥上走去，沿着河岸另一边走回城，经过几家杂货店，它们好像特别卖一种盛在大罐里的芥辣菜，这显然是受海员偏好的食品，大概因为它们比别的从冰凉的坛子里拿出来的腌菜更接近于热餐一些吧。我回到广场，天色已近黄昏，是吃茶点的时候了，摊贩们正在收拾他们没有卖出去的化妆用具、正方形油毡、毛毯和巧克力等。我等候给我送茶时，一边思索为什么农民的声调总是那么高。靠近我的两张桌子坐着几位姑娘，她们的外貌是精心模仿电影明星打扮的，这看起来不顺眼。甚至二十年前这类少女看样子也跟最近处的大城市姑娘很不同，她们有一种错不了的小城市和农村的派头，可是现在她们几乎跟一批大都会的姑娘区分不出来，因为她们同样都以好莱坞的样式为模范。不过这里只有姑娘们才把外貌打扮成大都市的样式，男青年依然保持他们朴实的、宽脸盘红面孔的东安格利亚①本色。

---

① 东安格利亚指英格兰东部瓦什湾以南，埃塞克斯以北的地区，包括诺福克郡与索福克郡。

A·E·霍斯曼君的诗

霍斯曼君①无疑是我们最为惊人的诗人。他的头一次一鸣惊人之举是《西罗普郡一少年》（1896），这是我们非常惊人的文学中最为惊人的作品之一。实际上它是以十分圆熟的面貌出现的，也就是说，它属于我们通常看做一个抒情诗人成熟时期的那类作品。作者绝无有趣的少作让我们评析；我们从来没有看见他开始创作时写的东西，那时候他会处在若干互相矛盾的影响之下，自己的风格没有得到充分形成和发展。霍斯曼君的另一惊人之举是保持不断的沉默几达四分之一世纪多——更确切地说，是从1896至1922。随着岁月的流逝，照我们看他用清楚流畅的声调已经说出了他不得不说的一些东西，由于减轻了他心灵的重负，他于是进入了沉默状态。那仿佛一个人在周围喧闹的人群中突然以几句难得的金玉良言打破他的沉默，然后永远抿上他的嘴唇。可是不然，在1922年产生他第三次惊人

① 阿尔弗列德·爱德华·霍斯曼（1857—1936），英国现代最重要也是最优秀的抒情诗人之一（同时也是一位卓越的拉丁文学者）。他的作品曾受到我国老一代翻译家的注意，闻一多，郁达夫，卞之琳，杨宪益，袁水拍等都译过他的作品，译得最多的是周煦良，他所译霍斯曼的代表作《西罗普郡一少年》出版于1983年。

之举，一卷颇具特色题为《最后的诗》的诗集蓦然问世，其中有四分之一是在当年写的，但其余则属于1895至1910年间所作。这不是大多数不熟悉他的为人的人会预料到的；这不是一本剪贴簿，也没有表现为一位作家对自己过去的作品的拙劣的重复或模仿；它一点也不老气横秋而是像上一部作品那样清新可读；那是《西罗普郡一少年》的再现，既不更好也不较糟，但自然多少有些不同，也就是缺乏一点早期诗作的那种清新的抒情意味，但常常更为自由放胆，这里那里（尤其是在噩梦般的《地狱之门》这首诗中）有新的突破。没有理由说不可把这两部诗集按现在的篇目排列次序分两部分而合并成完整的一卷，以《西罗普郡一少年》的题名出版。后一点差不多可以不必争论，我觉得，这一书名的意义主要因为霍斯曼君把前一部分的独特手法（如我们将看到的，可称之为“戏剧化”）带进后一部作品，因而除非把它理解为“西罗普郡一少年的最后的诗”就无法充分加以欣赏。所以，我完全不需要因为把这两部作品看做一部，它总共仅包含一百多首抒情短诗，偶尔整个地用《西罗普郡一少年》的名称提及它们而做出辩解。

在一本自称对过去三十年的诗歌进行评论的书中，它以相当多的篇幅论及全部各种风格的诗人们，从泰布莱勋爵①以至罗伯特·尼科尔斯君②，唯独只有两处地方提到《西罗普郡一少年》，两次都把它的作者称为劳伦斯·霍斯

---

① 约翰·拜恩·莱塞斯特·华伦（1835—1895），受封为泰布莱男爵，英国植物学家和诗人。

② 罗伯特·尼科尔斯（1893—1944），英国作家与学者，曾任东京帝国大学教授。

曼①。在作者姓氏上的错误我们可以不论，因它至少把这些诗作保留在一家之内，但是这样一部作品竟不过顺便提到一下而不加讨论，这肯定是十分奇怪的。《西罗普郡一少年》重印了十多次，而这样一本对诗歌加以细论的批评作品至少可以对它略加注意吧，哪怕作为通俗的诗作——“公众喜爱的那类玩意儿”——也好。然而事实是，霍斯曼君薄薄的一卷小诗总是听任它自我辩护，因为批评家总是倾向于听之任之。可是它一次又一次重印，有广大的读者阅读它，我想，也广泛地讨论它，它对年轻一代诗人的影响是巨大的；现在它已轻易地进入了我们伟大的抒情诗的宝库，也无人反对。那么为什么对这样一卷诗作绝口不谈呢？是不是它的优点被认为理所当然毋需争论呢？是不是对它的优秀的特色，或许是独一无二的特色的认识和巨大的影响已成为我们的常识的一部分了呢？或者它之常常受到忽视另有什么缘故吧？我想是有的，它们太多了，不能在此一一列举；可是其中有几种原因值得注意。首先有为数不少的批评家，他们只看作品的数量；他们必须让新作品提醒才想到作家的存在，否则就把他忘了。那些写文评的先生们最喜欢的是出了一本又一本书的作者，这些作品逐渐在他们的大名底下积累起一套稳妥安全的特征，利用这些特征使批评当代作家的任务像欣赏莎士比亚一样轻而易举，当然，还要更加引人入胜。可惜，霍斯曼君对这种偏好一无所知，带着一本几乎是完全成熟的杰作到来，重版了一次或两次，然后二十五年之后，才推出另一部诗集，从而未能给那种不费力的评论一个机会，说什么“依然是

① 劳伦斯·霍斯曼（1865—1959），作家，A·E·霍斯曼的弟弟。

同样的调子，不过这多了一些，那少了一些”，这种评语把人如此舒舒服服地直送到专栏的末尾。另一个更为重要的原因是关系到所谓“悲观主义”的问题，对霍斯曼诗歌的这一指责一直受到大力鼓吹。在英国有许多人，他们围着文学转悠似乎是为了偶尔从令人得到宽慰的学说上掰下一小块来带走；他们寻找一种启发灵感的使命，张开一只眼睛，把一部诗集从头到尾扫视一番，搜索一些零词碎语以拼凑他们对老实人的半小时谈话；一般来说他们是在寻求他们乐于称之为“远见”的东西，他们容易在某些奇特的地方找到它。这样一种心态对待文学是不幸的，但是还不像我认为的，如同要我们相信的那种流行的批评模式那么无可救药地荒谬；至少它还含有一点健全的因素，这就比时髦的文学研究方法有更多的东西可谈，不过它自然有鼓励廉价思想，一种浅薄的乐观主义，以及使那些持这一看法的读者疏远一批非常优秀的作家的严重的不利方面，从而肯定使很多人拒绝由霍斯曼君奉献给他们的明净而苦涩的作品，这样，不管好歹，我们倒也总算给免掉了阅读类似扣在某些其他类型诗歌上的没完没了的意见或引文。至于这种指责本身，那是太一般，太模糊，不值得在这么短短的文章内加以细论。所谓“悲观主义”诗人的整个问题倘纠合在一起足以形成为契斯特顿君①自己的无上乐趣。说一个人既是诗人同时又是一个悲观主义者是在用词上犯了矛盾的错误。每部作品是一种肯定；真正彻底的悲观主义者绝不会认为创作有什么价值；一个不抱任何希望的人

① G・K・契斯特顿（1874—1936），英国作家，曾批评霍斯曼诗作的悲观主义倾向。

绝不会接受写作这种劳动，因为他只能在有希望得到别人阅读时才从事写作，这就肯定是高度乐观的希望。起码我充分做好了准备宣布，倘使有人愿意承担风险不怕麻烦写作和出版一部诗集，照我看来他就是够乐观的。回到《西罗普郡一少年》来吧，如果可用某种方式证明，在它的影响下有许多青年——比方说自杀了，如赫格西阿斯，“死亡的演说家”① 的过分热心的门徒据说在亚力山德里亚②所为一样，我们当中大多数人会不安的，多半也会害怕的，理当如此。但即使这样，作为一个看出这部作品中含有了不起的诗篇的人，在一边写作时我必须坦白地说我多少感到迷惑，因为世界上愈是优秀的诗歌就愈没有理由这么匆忙和不必要地弃之不顾。

自然，有比这些更多的理由说明为什么《西罗普郡一少年》受到私下的欢迎，而在公开的场合则受到冷淡；那些理由是否值得探索非常可疑。在本文中我们把注意力转向诗作本身更有好处。分析这一百多首短诗的内容不是我现在的目的，但另一方面，由于下面出现的理由，注意诗人的态度——或者，你愿换一种说法——启发这些诗作的情绪，照我看似乎是绝对主要的。这些诗篇，似乎可以说，在前后两部的任何一部诗集中不是串在一根绳子上；它们没有那样一种统一性，那种互相串连的依赖性，如我们通常在，比方说，十四行诗组诗中找到的那样；可是它们还是表现出一个精神，它们是从同一种基本情绪抒吐出来的。

① 赫格西阿斯（约生活于公元前4世纪），希腊昔兰尼克派哲学家，有悲观思想，认为人不可能达到幸福。

② 古埃及城市，托勒密王朝时（公元前3—4世纪），曾为埃及都城，为当时埃及政治文化中心。

我们不能用诗作以外的某种东西来解释这一占支配地位的情绪，例如一个伦理道德体系或一种明确规定的哲学。假如拿这种外在的标准来评断，诗人在决心做最坏的打算时是矛盾而明显反常的；这样，他的连续一贯的哀伤若仔细分析，可以分为两种不同的怨诉，它们是根本不一致的；一方面是人生可爱，但是苦短，死亡是幸福的大敌；其次，生存本身是一种痛苦，结果要忍耐到受欢迎的死亡到来时才得以解脱。可是当我们一边认真阅读这些诗篇时，我们一边绝不会觉得诗人把他的怨诉互相抵消。不，因为这样的矛盾（如果诗作是某些人认为的那样，穿上想象的衣服的哲学，那将是非常别扭的）并不真正以哲学的形式出现，它跟具体的诗没有关系。为了找到它，我们必须大事伪造；我们不得不把我们称之为诗歌的人类的美丽异常的逻辑化为枯燥狭隘的逻辑，而这不过是人的智力机制的一部分而已。如果说在我们从事清理一团乱麻似的诗的内涵这一毫无希望的任务时，提到成系统的信仰，哲学学派，如此等等，我们这么做的目的仅仅是为了方便而已，这样的涉及是有意做到宽松含糊，只不过是为了引导一位旅伴认明指南针所指的方向时的挥手示意罢了。

在那首优美的诗《在温洛克镇边上》，我们听诗人谈到古城优利孔，他告诉我们：

在我们生活的时代以前，罗马人
　在对面起伏的山冈上凝目眺望：
那使一个英吉利自由民温暖的热血，
　那伤害他的种种想法，就在那方。

我似乎看见那个罗马人藏身在所有这些诗篇的后面。我想象他是一个帝国早期的罗马人，满脑子是他的时代的崇高思想，而且精通它的伟大的文学——一位斯多葛派①，但是是一个在某些情绪方面又不轻视敌对阵营的人。写下这些抒情诗的诗人，不管这些诗篇中全部英国式的软弱，同时又暗示出存在钢和铁的刚强的另一面；他把士兵引进来，让小伙子把镰刀扔在深草里长锈；他使这本诗集显得是对死亡的一次漫长的沉思②。他等待他的时机，直到种种信仰崩溃，全世界茫然注视着由科学竖立起来的高大苍白的公式③（原来轮廓如此鲜明，现在变得模糊不清）的时候；这就是他的机遇时刻，他抓住了它；因而在这种披上了西部地区④外衣的小伙子和姑娘们的语言中，在这些“篱笆上盛开着山楂花”的英国农村民歌中，我们听到了他对人们的许多提醒，随着故事展开，它们的意义也就愈加清楚。在诗人创作的时候，我们的这位罗马人并非总是近在咫尺；我以为他很少知道这类事情或一无所知，如：

无忧无虑的人们经过那儿

① 古希腊的哲学学派之一，其宗旨为否定物欲，坚忍淡泊，与自然协调。这里暗示在罗马帝国勃兴初期，整个民族充满朝气，奋发有为，不像衰亡时期那么颓废奢靡。

② 十九世纪末英帝国主义不断用武力对亚洲和非洲进行侵略，殖民主义扩张达到高潮，霍斯曼的许多诗篇包含反战的主题。诗人暗示今天的英国跟反抗罗马统治的英国已不一样。

③ 这里指上世纪末与本世纪初这一转折时期，由于世界遭受不断的战争与破坏，使人们的信仰陷入危机，宗教与科学都不能恢复人们的信心。

④ 指西罗普郡，它在英格兰西部。

说他们的灵魂是自己的：
这儿我一个人在路旁游荡，
无所事事，多么悠闲。

或者这几行更好——

那是一片失落了满足的土地
我看到它没什么光彩，
我来时走过的那条道路，
走回去再也不成。

或再就是从新的一部诗集内许多篇中挑出的一首：

我远远地去寻找他们，发现
这些人自信，直爽，英勇，
对他们的心胸我从内心敬佩，
可没法让他们生还。
他们在身上把皮带系紧，
坐着船飘洋过海，
他们找到了一块葬身之地
为我埋骨在异国他乡。

但另一方面，有时候他所做的不止是提醒，这里那里他似乎用罗马的方式亲自现身说法：

安静吧，我的灵魂，安静吧，你扛的武
器脆弱不堪，

大地与苍天在古代就已安装好，基础结实。
还是考虑，向思想呼唤，倘若你现在有点悲痛，
在我们长眠的时候，灵魂呵，那时间好长。

熟悉英国文学的人会觉得，默思生死这样重大的问题并不是新东西。如果不列颠岛屿上的某人一旦掌握了写作技巧，不久他就会在墓上沉思。死亡这一主题对我们的文集编者准是一个真正的方便。但是《西罗普郡一少年》戴的柏枝①有所不同。我们的诗人当中没有一位——即使韦伯斯特②，布莱尔③，或贝多斯④都不例外——比这位诗人对死亡更关心，他甚至在写赞美春天的一首小诗中也不忘投在阳光下的鲜花上的分明的阴影：

要享受那良辰美景
五十年未免太匆匆，
我决意到林地走走
把雪般的樱桃花看够。

但我们的大部分诗人，真的，还有修辞学家，非常自然地把中世纪或浪漫主义看成跟古典主义，把基督教看成跟异教事物的对立观点。在寻求一种意象或象征时，英国人的想像力，主要是浪漫派的，总是热心转向蛆虫呀，骷髅

① 柏树是西方人常在墓上植的树种，诗中用以象征死亡或坟墓。
② 约翰·韦伯斯特（约1580—约1625），英国剧作家和诗人。
③ 罗伯特·布莱尔（1699—1746），英国诗人。
④ 托玛斯·洛维尔·贝多斯（1803—1849），英国诗人。上述诸人均以写死亡著名。

呀，头骨呀，棺材呀，诸如此类基督教的死亡表现。一位漫不经心的读者多半会公开说《西罗普郡一少年》充满这类东西。实际并非如此——任何人都可亲自看看。在对待死亡的态度上，诗人一度转向较新的方式，然后回到了一种更为古老的方式①。实际上所有旧式的古怪的可怖的意象都不见了。在诗人的某种情绪状态下，特别是在早期诗作中，我们看到死亡是作为巨大的黑暗的帷幕出现的，以它为背景衬托出生活中许多可爱的事物，后者显得使人伤心地渺小而欢快。《西罗普郡一少年》中所有的情侣都大声地发出人生苦短的呼声，他们看到前面不远的墓穴，在那里：

> 爱人们一对对躺着，
> 　不问他们睡在谁身旁，
> 新郎倌整晚也不向
> 　新娘子转过身来看看。

我们的存在不过是汗漫的亡灵之国边缘上的稍息，在这块国土上既不知道地狱的痛苦也不知道天堂的欢乐；我们可用于生存、行动和感觉的时间是如此之少：

> 现在说吧，我愿意回答。
> 　我怎么帮助你，说呵，
> 在我走上寥廓的鸿濛

① 这里作者指的是诗人在采用表现死亡的意象时，超越了中世纪基督教文学通常采用的一套而借用更古老的异教民歌的一些手法。

没有尽头的大路之前?

这么一来，在更近的时间内，当他观赏大地上迷人的秋天时，他陷入了这同样的情绪里。受更为消极的思想支配，又不像前一首诗里那么紧迫，诗人告诉我们：

尽情享有吧，像我享有一个季节，
　我放弃的国土。……

但是如果他的情绪强化为一种塞内加式①的“凄苦时”的绝望，那时尘世的生活就抹上更为阴暗的色彩，死亡不再是一种威胁，因为它许诺给人们以安息、休眠和遗忘：

现在我沉思为什么，从未找到缘故，
　我在地上来回走，吸空气，晒太阳，
安静吧，安静吧，我的灵魂，那不过维持一季；
　让我们忍受一时就看到人世的不平。

有时，在后一部诗集的一首非常有特色的诗中，他愿意让自己锻炼得更坚强以便忍受，绝不跟这个世界或下一个世界，上帝或人类的法则休战；但只不过做出一个表现出一种几乎是东方式的听天由命的姿态：

我怎么去面对人和上帝

① 卢修斯·安内斯·塞内加（约公元前4—公元65），罗马演说家与修辞学家，为暴君尼禄所迫自杀。

他们的作弄造成的不平？
在一个我从未插手又害怕的
世界上，我是个外来人。

现在我们已经充分看到在这些诗篇后面的那种情绪，知道那不仅不是它最初表现的一种普通的意志消沉，而且明显地是不同寻常的——完全属于个人的心态。不仅如此，用以表现这一心态的形式甚至使这些作品具有它们明白无误的个人标志。大部分这些形式上的主要的特色下面将到时候加以简评，但在我们论及这些特色之前，我们要好好谈一下《西罗普郡一少年》的总构思或规划——它的特殊的模式，可以说一大堆融化了的思想感情倒在了这个模子里。这部作品，请注意，不叫做《尘土与眼泪》、《背井离乡的诗篇》、《严酷的岁月》等这类名称：它称为《西罗普郡一少年》。我以为作者就是本地人，但我一点也不以为在他创作这些抒情诗时，他写西罗普郡少年就是指他自己，或者要他的读者以此看他。总之，在这部作品中他走的并不是我们的现代抒情诗人通常走的那条道路而是另辟蹊径：不直接表现他的种种情绪而代之以多少不明确的气氛下按多少有些连贯的计划，部分使它们“戏剧化”①。这样做的结果，他使他的作品取得某种具体和特殊的效应，它的成功是他的诗之所以有力量的一个原因。这对某些诗人也许很容易证明却是一种产生软弱无力的根源；正是这种坚实自

① 这里作者是指霍斯曼常采用故事或两个人物对话的形式表现某种情绪而不是通常的抒情诗手法，由“我”直抒胸臆。同时，这种故事中的主人公不一定始终是一个人，但他们都是西罗普郡的青年。顺便指出，霍斯曼并非西罗普郡人。

信的笔触，一个艺术家的标志，使他的试验这么成功。人们把他推举出来，把他作为诗歌中“地貌学”或“歌颂我出生的地方”的流派风格创始人加以赞赏，它已经变得如此时髦了。但这一歌颂自己的乡土的现代狂热，仅仅作为一种狂热，大概是更多出于两位以这样亲切和热忱的语言歌颂苏塞克斯的先生而产生的。我们只要想起巴恩斯①、T·E·布朗②和丁尼生③他自己，不多举吧，他们在不久的时代前的作品就够了。把一定的地点和气氛作为诗歌的背景既不是一种新手法，甚至也不是新恢复的旧手法（我以为在《西罗普郡一少年》中的诗避免用方言写是明智的）。我重复一遍，正是他的坚实自信的笔触值得我们赞扬。因为一位抒情诗人的目的，部分的戏剧化，已经达到完美的地步。如果诗人想放下他的薄薄的面具而直接由他自己现身说法，像他每每这么做的那样，这些诗篇的连续性并没有打断，我们也没有被他跳出一种气氛跳进另一种气氛的需要而激怒。真的，在这两本薄薄的诗集中，有各种程度的戏剧化，一种跟另一种的差别细微，要是作长期的研究，肯定是值得对它们进行考察的，和明确诗人通过采用这种手段取得什么收获，不是从这首诗或那首诗上，而是从作为一部完整与出色的作品的整体上。我认为可以肯定的是在我们所有通过深思熟虑下到农村去并穿上农民干活的衣

① 威廉·巴恩斯（1801—1886），英国诗人，以用方言写农村生活著名。

② 托玛斯·爱德华·布朗（1830—1897），英国诗人，以用方言写作歌颂家乡的诗歌著名。

③ 阿尔弗雷德·丁尼生（1809—1892）英国桂冠诗人。

服的抒情诗人，不把像彭斯[①]和克莱尔[②]这类没有必要下去的诗人算在内，没有一个比这位西罗普郡的诗人把许多在农村发生的问题掌握得更加成功。以非同寻常的技巧和机智他避免陷入他的大部分同行陷进去过的两个陷阱中的任何一个。首先他不涉及柯利顿和斐丽丝式[③]的田园诗，以及它的有香气的羊群及戴缎带的牧羊杖，这些是我们经常可在时代较早的诗人的作品中发现的。其次，他避免那些自《西罗普郡一少年》问世以来写诗的人普遍常犯的错误——把他的艺术判断力听任某些理论支配，从而坚持要求读者去赞赏一堆废话和腐臭气味。当然，华兹华斯[④]曾极力避免走这两种极端，可是他也为自己掘了一个特别的陷阱[⑤]，人人皆知这种陷阱是什么，没有必要去扩大它。人们很想听听华兹华斯是怎么看《西罗普郡一少年》的。我想他会极不赞成它，可是它比他自己的作品更接近于他的著名的理论的一部分[⑥]。或许他知道我们多年来断断续续自称为华派的很多人，却承认我们这位较后较小的诗人在较狭的意义上为艺术家会感到惊讶，后者比他，伟大的威廉·华兹华斯的手法更高，更细腻，更严谨，这是他从来

① 罗伯特·彭斯（1759—1796），苏格兰最伟大的农民诗人。他本人出身农民，所以作者说他不需要下农村去。

② 约翰·克莱尔（1793—1864），英国诗人，出身雇农家庭，1837 年精神失常。作品写农民和农村生活。

③ 柯利顿和斐丽丝为英国田园牧歌中常见的牧童和牧女，他们的甜美的爱情常是这类诗歌歌咏的内容。

④ 华兹华斯是英国浪漫派中山水田园诗人。

⑤ 指华兹华斯诗中的说教倾向。

⑥ 华兹华斯曾在他的《抒情歌谣集序》中鼓吹用朴素的日常语言写普通人民的生活，这跟霍斯曼的倾向是一致的。

没有这么自称过的。

我们的英语总是偏爱两种特别的短诗，单纯的抒吐和舞蹈式的叙事——抒情诗与歌谣。英语对这两种诗体从来是一种在精度和广度上奇妙不可思议的工具。它随时可产生奇异美妙的抑扬顿挫的韵律；它永远在展翅飞翔。因此它对第三种类型的短诗每每证明对于我们可以称之为警句体的短诗是难以驾驭的媒体。这种形式不要求飞扬的想象而是备精雕细刻之用的凿刀石块；它要求清晰，简洁，有分量，把言辞凝缩成神妙的语句而不是把它们变成闹闹嚷嚷的夸夸其谈，吹吹打打地进入不朽。尽管我们想尽办法创作警句体诗，我们的语言总是跟我们做对；它跳呵，舞呵，唱呵，而不愿形成漂亮的造型。所谓警句体诗，犀利俏皮的排偶句，四行体，我们当然有很多，但真正的警句体调子在我们的诗歌里很少听到，如果我们真听到的话，我们可以确信在我们的诗歌技巧上可说创造了奇迹。此前我们论述的都是老生常谈的东西；但没有关系，此后就不是这些东西了。在我们探讨的诗篇中所有三种形式都有。贯穿熟悉丰富的抒情诗与歌谣就有光彩挺直的警句。可是这种比喻选择不当，因为甚至你的衣裳也是可以拆散的，它的经纬线可以整理分开，而在诗歌形式中，我们没有纺织品而是融成一体的诗，任何两首诗都不完全一样，同时它总是带有明白无误的个人的特色。

歌谣对《西罗普郡一少年》的影响是明显的，这无需多说。初初一看，这些诗作似乎是民歌的摹拟品。它们具有同样简洁的形式，同样质朴的风格，但启发它们的精神则完全不同。它们具有同样罕见的特点：高度的想象和戏剧性的紧张，这都由精致的艺术谨严感控制；从头到尾都贯穿同样严格的简洁表达方式。例如这些诗行：

我母亲惦念我们好长久；
　到了田里收割的时辰。
日出时她还有两个儿子，
　今晚只剩下她孤身一人。

和

呵，小伙子，那是什么，从你的
　脖子湿漉漉流到我颈间？
什么掉在我的嘴唇上，小伙子，
　味道像海水一样咸？

就有优美的古歌谣的韵味。虽然每种情景是诗人精心想象出来，由此而产生的情绪也是诗人强烈感觉到的，然而主要是通过他的艺术上的凝练简洁力才取得这样的戏剧化的力量和感情的强度。他决不容许浪费太多的散漫的词汇使这一感情完全散发。读者的想象必须随诗中的叙事而起飞，如同欣赏古歌谣文学那样。照歌谣的模式，在强烈抒情的《我的那一组牲口正犁田吗?》中，我们听到的是两个声音，一个问另一个答——从坟墓里发出的细弱的呼声和活人的精力充沛的声气。再举一个例子，《真正的情人》，诗中除在夜幕下的模糊可怕的低语，其他什么也没有，它具有像《办事员桑德斯》① 那样凄惨的感染力。但另外一类形式，

① 英国民间文学中的一首叙事歌谣。

抒情诗，天然是整个诗集的基础。确乎如此，很多读者会认为非在抒情诗的领域以外去说明这些诗作的魅力不可是令人惊讶的。但这类怀疑派只要把它们跟那些严格的抒情歌手的而非雕塑家的作品加以比较，比方说雪莱和斯温朋①吧（不是弥尔顿和济慈），理解涉及其他形式的必要就可了然。如我们已看到的，这种表达方式是一种奇异的糅合，在任何地方都可认识，但仍然在随便两首诗中都不一样。因此我们发现在《西罗普郡一少年》中有许多地方带有一种纯抒情的调子这并不足为奇：

> 树中最可爱的樱桃，
> 现在正繁花压枝条，
> 立在林地的驰道两厢，
> 为复活节披上洁白素装。

以及

> 呵，金莲花开得多茂盛，
> 　田野上小巷里一片鲜明，
> 蒲公英告诉人良辰美景，
> 　那可是永不再来临。

以及

① 弥尔顿，雪莱和济慈都是为我国读者熟悉的英国大诗人。斯温朋（1837—1909），英国后期浪漫派诗人。

为过去的宝贵的朋友，
　我的心重压着忧伤
他们是一个个矫健的少年
　和一个个红嘴唇姑娘。

或从最后的一首：

我们的快乐是悠闲自在，
　可是呵我们也挺满足，
年轻人吹呀弹呀载歌载舞，
　老年人抬头看天气；
让迟迟不走的白天从树木，
　高塔和悬崖起身，
我吹起了笛子，用笛声
　把太阳送去休息。

——这些都是我们非常熟悉的传统的可爱诗篇。但人们读下去就不会不碰到第三种特征，警句体风味。甚至在我选作代表抒情性的例子中已开始流露一些痕迹，我曾不得不暂时放在一边。在这首诗中也可找到：

呵，在温洛克镇新近抹上
　我从未见过的一片金黄；
树篱中有久开的茂盛的香雪球花
　不会像阵雨般落我身上。

我的听觉至少开始捕捉到与我已经引用过的诗行稍许不同

的韵味。但是在这些八音节的诗行中到处可见警句体的风致，其中除开纯粹主要的东西一切都已删除。即使你依然把警句体短诗看做某种尖锐俏皮的四行诗，那么从那份奇异的自辩书中，也就是《西罗普郡一少年》的倒数第二首，随便摘引其四行就能为你做很好的说明：

呵，英国的一个个诗人比缪斯
　酿造出更提神的美酒，
麦芽比弥尔顿更能证明上帝
　对人的行为方式正确。

按上述情况，这是普通类型的警句体。但我提到警句体格调时我想到的是某种佳句，不是如同在我们的浪漫派大诗人中具有暗示性力量的佳句，一个单词可以开拓种种奇妙的远景，而是具有一种圆熟与完满性质的佳句，但带有超越单纯的妙趣的感染力。它的光彩有如兰德①的《你从不说骄傲的话》、《我与人无争》这类人们熟悉的作品，或倘不鄙薄宣传的话，例如他的较不为人知的《见露克蕾琪娅·波吉亚②的头发有感》：

波吉亚，你一度太尊贵庄严，
高不可攀，现在却成为尘土；

① 瓦尔特·萨凡奇·兰德（1775—1864），英国诗人和散文家，擅长作警句体短诗。

② 露克蕾琪娅·波吉亚（1480—1519），教皇亚力山大六世之女，其多次婚姻均出于其家族之政治动机，后嫁斐拉拉公爵，其宫廷成为意大利文艺复兴中心之一。

你的全部遗物是这蜷曲的
发辫，散开不动如透明的黄金。

这些是名副其实的警句，但是它们的调子可以在极为不同的形式中听到。十四行诗的名家都有；我们的罗马人的才华不动声色地在《西罗普郡一少年》中创造着种种奇迹。拿那首出色的《致一位英年早逝的运动员》的最后一节为例吧，你不会捕捉不到：

环绕那早早戴上桂冠的头颅
人群凝望这无力的死者，
发现在它比姑娘的发卷还短的
头发上花环还没有凋零。

但在这位诗人的作品中处处正是他的克制力，他的追求简练的强烈的艺术感，尽管他还有其他杰出的才华，构成他作为艺术家的最为了不起的优点。这促使他不惜时间把他的思想感情提炼出精华，促使他芟除一切累赘的词语，可以说，把他的表现力磨得锋利如戈矛。有人，甚至包括某些聪明的批评家，曾宣称任何人，倘使他只要不辞劳苦，也能写出这类诗来。但这样的人，倘使真的坐下来试图证明他们的话正确，恰恰是陷入妄想。问题不仅在于不辞劳苦，而在于知道不辞什么样的劳苦，换句话说，任何笨伯可以不断地改了又改，然而要把一篇作品下笔改得近乎完美无瑕，则需要艺术家的天才。我想这种错误的想法来自于把“琢磨润色”这一术语运用到文学风格上，因为它使人们想到擦鞋与擦银器，这是完全不同的两回事，后者要容易得多。

更喜欢具体而不信赖抽象，这通常被认为是一位优秀的诗人的标记，在《西罗普郡一少年》中非常醒目。确实如此，有时作者似乎太过于脚踏实地，这是一个错误，但它是站在正确一边的错误，因而是可以原谅的。在他的风格上有一点板滞粗拙，有时使人想起一个抒情的卡力班①。正是这种粗拙连同他风格上特有的坦直，那使他对某些读者显得粗鲁。他基本上是一位阳刚的文体家，径直地使用动词主动语态和概念具体的词语，使他的文体毫不可惜地摆脱多余的形容词和软绵绵的抽象词。例如“躯体躺着不动但血液长流”这样的诗行是他的典型风格。他跟无处不在的形容词宣战，光是集中使用名词和动词，是它们担负起大部分工作。他以明显简单但恰当得十分惊人的不多的隐喻代替一大群平凡而令人厌烦的隐喻，以这种方式，使他的风格坦直，有力量，带着某种“意味”。对下列片断稍加审视会比我的空论更能说明问题，它们并非精心挑选出来的，因为俯拾即是——

他的呆傻在青天下
找不到匹敌的对手。

和

这种烈火般的感觉还没熄灭，

① 卡力班为莎士比亚戏剧《暴风雨》中的人物，体现人类的原始本能的欲望。

这种思想的轻烟已经吹散。……

足以表明他的方法和这种方法为他取得的效果。尽管一般在采用隐喻、明喻和其他修辞手法方面有明显的节制，而他的意象，一旦出现，通常是令人吃惊的而又有独创性。他喜欢在人们的想象中突然闪过一个惊人的意象的光芒：

那是一条比去莱顿还远的长途，
　比克伦还平静的地方，
在那儿世界的末日打雷又闪电，
　可是对人没多大关系。

或者再拿一首后期的诗中写一个故友的大胆的意象来看，这位朋友——

裁制了一件过冬的长袍，
　用的衣料是海洋和大地，
他永远穿着这件外衣，
　跟旋转的地球一样耐磨。

他的形容词也如此，如果该用，也不是不足道的。你一旦熟悉它们就不致忘记："辛苦的大路"，"偶尔的阵雨"，"有色的县城"，"跃动的百里香"和"那边起伏的青山"，以及相似而前所未见的词与词的得体的搭配。像这样集中在一起，又被粗暴地从上下文里挑出来，它们可以说是针对某个令人厌烦的“一字诀”① 的信徒的；可是放在适当的位置上，它们确实是优秀作品的闪光的小宝石。

在《西罗普郡一少年》中没有复杂的韵律。很清楚，作者极少依赖音步的魅力。新的一卷重复老的一部得到偏爱的韵律，显示出诗人对音步的试验不感兴趣。他喜欢用八音节的诗行，以及最朴素的歌谣体。很多地方也巧妙地用一节五行体，这是一种古老的短韵体的变体，第一、三行不押韵，而且每行有一个多余的音节，第二、四、五行则押韵。这种特殊的音步结构使第五行带有事后的反思的情调，使整节的动人力量格外得到加强：

他们只敲那一口钟，
　谁也没看见新郎，
在后面所有来悲悼的人
　跟着她走往教堂，
　不会停下等我跟上②。

但是贯穿整部《西罗普郡一少年》，诗人的感染力都不依赖元音及其他声韵的高度精巧的安排。我评的是一位诗人而不是一个胡涂乱抹的文匠，我一点也不是意指他在运用元音和其他格律技术上毫无匠心。在上面所引的诗中——这是一个最近的例子——两个“O”元音从第一行一直到最后一行都有回音，像钟声一样，向我们显示他知道

① “一字诀”系法国作家福楼拜提出的写作方法，指描写一种现象或事物只能用一个最贴切的名词，一个最贴切的形容词，一个最贴切的动词。

② 这首诗是以死去的新郎口吻写的，这五行写的是他的葬礼。

怎么掌握运用声韵。但他不是我们语言音乐大师中的一位。那种在我们耳际余音袅袅，使我们无限心醉神迷的清词丽句不是他的特长。可是，即使在这方面他也达到那种程度，不仅增加我们对他的佩服，也使他的作品成为其他诗人值得学习的榜样，这种学习会给他们带来收获。在他受到强烈的感情压力的时刻，他以他的精练简洁的文体，给予我们平常自然的语言的真正韵味。比较一下——不是那种令人恶心的比较——可能给我们对于用几句话难以说清的问题一点启发。我们时代的另一位诗人W·B·叶芝君①，总是苦心地，整个说来也是成功地，使他的作品具有相似的坦直自然的风格，与此同时他又不断追求和研究语言重音无限可能的精妙性，因而他的全部最优秀的诗作都向具有他自己特色的可爱的短小的调式发展，这是在欣赏他的作品的特殊的美之前必须掌握的。同样，瓦尔特·德·拉·梅尔君②的最优秀的作品也有它们自己的音乐，这产生于他的精妙的停顿，重复，这在欣赏之前也必须把握。自然不能对这两位优秀的诗人分什么高低：他们写的东西都使我们佩服。但这种可爱的个人的音乐在《西罗普郡一少年》中是找不到的；在这部作品中，在它的简朴的格律框架之内，是我们普通人的语言，这没有人听不出来，也没有人能拒绝听。拿它最单纯的一例来说：

我们还是有要减轻的悲伤，

---

① 威廉·勃特勒·叶芝（1865—1939），爱尔兰诗人，被认为是现代英语文学中最伟大的诗人。

② 瓦尔特·德·拉·梅尔（1873—1956），现代英国诗人。

人总是不能无忧无虑，
小伙子知道在莱顿的苦恼，
如果我是个莱顿的少年。……

这显然像散文一样明白易懂，但尽管如此，你却无法把它变成散文；倘若说你一定要唱，而一开始你的声音准跟着它们天然感人的节奏起伏。正是这一点使他的悲悼的亲属从内心哭出来，而这一点当代诗人中能做到的不多。虽然《西罗普郡一少年》具有这样了不起的效果，虽然这种效果影响的痕迹在当代诗歌的意料不到的地方当然可以发现，我仅仅知道我们的年轻诗人中一两位能再现这一奇异的特点。但是大概他们当中太多的人如今对印出来的诗歌与其说用心听不如说更用心看。

正面的肯定是批评所不可少的，否定的意见则是奢侈。假如有人对你说一件艺术品并不意味完美无缺，严格地说也无必要完美无缺，这话也许挺有意思。但要是有人宣称某某的诗有这样那样的优点而不说别的，那么总也会有人认为那位先生既然赏予某某全部已知的文学优点，他就要站出来抗议某某并非荷马或莎士比亚。那么单单为了这种人的好处（甚至在最好的朋友中也能找到他们），让我走到另一边也就是否定的一边去宣布，照我看，在霍斯曼君的诗作中找不到的东西。他的诗作看不到这类超常发挥的时刻，这种时刻只有在我们约半打的诗人才遇得到。他的诗作没有这种短短的一段时间，其时诗歌突然变成纯粹的魔术，而诗人自己则是十足的魔术师；它们从未受一种消耗性的狂喜所支配，那大概是雪莱的内心的秘密；他的诗作也缺乏任何宏伟的视野和境界，或那种把生活的种种方面转化为诗歌的力量，而这是最伟大的诗人才具备的崇高的荣誉。跟他们的广阔的领土相比，它们只不过是一块小小的园地而已。但这是一块安排得精致优美的园地，再次用我在这篇短论里不得不一再用过的那些话说吧，在这片园地里有一种鲜明的个人的东西。要像许多人那样写作极为新颖但不值一读的东西是容易的；要像另外许多人一样写可读但缺乏独创性的诗也不难；但要创作具有某些罕见的文学特质的抒情诗，并进一步还要清晰地打上作者的个性，这就跟大师们有点亲属关系。霍斯曼的一行诗跟弥尔顿、雪莱、或华兹华斯的一样是不会让人搞错的，带有这位诗人的个性的痕印；我觉得这位现代诗人跟那三位巨人之间的区别，就这种独创性的力量而言只是程度上的，因此我认为他是属于同样不朽的诗人之列。

论马基雅维里

数以百万计的人从来没有读过他写的一个字，却知道“马基雅维里式”这个词的意义，虽然，人们完全没有想到的是，它不是马基雅维里原来所指的意思。他不是一个明显成功的外交家，但他多次奉命出使罗马、法国和德国，却使他得以对在位的君主的活动进行周密的观察，在他们当中最著名的有塞萨·波吉亚①，他是在后者迅疾而令人目眩的得意的高峰时代认识他的。他同时也是一个古罗马史的好学深思的学者。这些研究和他的直接经验的成果在他最著名的作品《君主论》中可以发现，虽然他还撰写了其他的历史和政治著作。

毫无疑问，“马基雅维里式”这个词原来比现在含有更阴暗的一层意思。差不多暗示一种邪恶的魔法。在十六世纪，欧洲的其他国家对意大利由于它的辉煌的文化成就，不仅以敬畏和羡慕的眼光看待它，而且对它作为一块产生邪恶的魔术师，巫师，女巫，星相家，预言家，神秘的放毒者和刺客的土地而怀着不信任之感。猖狂的迷信每每是

① 塞萨·波吉亚（1475—1507），教皇亚历山大六世的私生子，被封为瓦伦蒂诺阿公爵，中世纪意大利教皇国的罗马格那地区的统治者，以手段狡诈与残暴著称。

人文主义的阴暗面。生活的广大的宗教框架固然已经逐渐消失，科学依然还要做重大的发现，因而人的头脑，它总得相信什么，受到魔法概念的侵袭，有时是无害的，更经常是有害的。意大利文艺复兴的道德，声名狼藉而引起人们的怀疑。如果意大利人把所有的外国人都称为“蛮族”，那么其他的欧洲人则认为意大利人过于精明，翻云覆雨，阴险，有着见不得人的秘密。所以在伊丽莎白朝和雅各布朝①的英国，“意大利化的英国人”是指长期生活在意大利，发现这些秘密的人，他们被别人看做一个非常阴险、魔鬼似的家伙；这个时期最可怕和最阴森的英国戏剧，如韦伯斯特②的一些剧作，都是以意大利为背景的。（用邪恶的魔法做买卖，阴险的意大利人这一传说持续了一个长时期。）马基雅维里，他本人是个勤奋而奉公守法的佛罗伦萨公仆，或许大大不同于英国人设想的那个南方的梅非斯特菲勒斯③，不过无疑“马基雅维里式”这个词最初带有阴谋诡计的意味，它是那么不择手段，那么厉害，以致人们认为其中含有妖术。

直到我们今天，“马基雅维里式”终于变为玩弄权术和施展阴谋的同义词，尽管深谙此道的政治家们还在楬橥什么慷慨大度的利他主义那种健全的伦理道德基础。但是事实上这正是马基雅维里所倡导的。他还告诉我们，首先，在人人承认一个君主保持信义、为人正派、不搞权术是多么值得称道的同时，他的经验则告诉他那些有所作为的君

① 英王詹姆士一世时期（1603—1625）。

② 约翰·韦伯斯特（约1580—1625），英国雅各布时期剧作家。

③ 梅非斯特菲勒斯，魔鬼撒旦的别名，南方的梅非斯特菲勒斯指马基雅维里。

主往往是置信义于不顾的，他们知道如何玩弄手段以战胜人的聪明才智，到头来征服那些相信他们的花言巧语的人。他并没有毫无道理地鼓吹蒙哄欺骗和背信弃义。他并不是像这么多人以为的那样为歪门邪道辩白。他并没有要求统治者和具有雄心壮志的政治家成为流氓恶棍。他仅仅指出人既然是人，有很多时候，撒谎，变节，残暴可以取得成功，而真诚，信义，仁慈可以造成灾难。事实是他完全不以伦理的观点，而用可以有根据说是科学精神，来研究强权政治的种种问题。没有疑问马基雅维里会肯定希特勒和戈培尔的早期的战术和战略，但无疑也会对这么赤裸裸的厚颜无耻竟然能如此轻易地取得成功而惊讶不已。但他主要是根据小小的城邦国家的情况而写的，并且老早生活在广大的城市居民和一切群众性的传媒手段出现的时代以前。

不管怎么说，如果光就文艺复兴和我们的时代有很多相似之处这一点而言，正如伯特兰·罗素指出的："世界比过去（也就是在他的时代与我们的时代之间这段时期）变得更像马基雅维里所描写的那样了。"这些相似之处包括都有许多新生事物，属于缓慢演变发展的东西迅速崩溃，由传统的行为规范所构成的社会迅速解体，由共同的道德价值和准则所制约的权力的迅速垮台。接着我们的革命而来的是独裁，权力无限的国家和无处不在的政治几乎把我们带回到马基雅维里的世界，所不同的是我们知道那本来会使他吓得色变的危险。所以让我们仔细地听听他的话吧，他告诉我们要是一个君主（对我们来说就是一个独裁者，一个执政的政党或政治家）具有征服和掌握他的国家的声望，那么他所用的手段将总是被认为诚实的，他将受到人人的赞扬，因为那些凡人（也就是说一般民众）总是被事物的现象所蒙蔽，也被从而产生的后果所迷惑，他从他那个时代的一名君主的例子得出结论：（这名君主是阿拉贡的斐迪南①，不过马基雅维里不敢说出来），“他尽宣扬和平与信义，而哪一样他其实都是十分敌视的，如果他真的照他讲的话实行，他早就会多次丢掉他的王国和声誉了。”马基雅维里并不排斥宗教以及宗教宣扬的道德；他说这些道德在它们的范围之内对王国是有好处的，但他审慎地把君主（政治权力）放在这些道德范围之外，君主是否采用这些道德需要看适不适合于他，同时他要依然表示具备这些道德——这一点他强调——要显得笃信宗教。所以权力不包含在宗教的框架之内，宗教现今基本上是虚妄的，一种普及的迷信而已。虽然不是有意这么说，马基雅维里根据权力的概念来考察和分析现实情况，就像是对匹可②论人的新尊严的热情洋溢的演说作了一次挖苦的评注。尽管历史后来表明，马基雅维里把好些起决定作用的要素略去而没有记载下来，他对整个事情的研究也过于简单化，这都是事实，然而我们必须把这名佛罗伦萨的政府官员看做是一位具有独立见解的伟大作家，他向西方人揭示（他们大量地出于自欺欺人的想法，炮制出“马基雅维里式”一词）对经验的新见解，横越几个世纪给我们送来一个预言家的警告的声音，即使并非有意的。这也是来自于意大利的文艺复兴，是从它的阴暗面产生的，就如同那些光辉的

① 阿拉贡为西班牙一个地区。斐迪南指斐迪南五世，阿拉贡与西西里王国的君主（在位1479—1516），他纵横捭阖，不断扩大他的版土。

② 乔万尼·匹可·德拉·米兰多拉（1463—1494），意大利哲学家和人文主义者。《论人的尊严》是他的演说辞，被认为是文艺复兴人文主义精神的宣言。

艺术品，我们今天仍然对它们惊佩不已，是从它的光明面产生的。

论莫泊桑

稍后居·德·莫泊桑通过他的一家的朋友和顾问福楼拜参加了这一作家集团①。在他开始学习写作时，福楼拜近乎他的导师。他的超绝的自然主义手法大概应归功于福楼拜的指导，莫泊桑的文笔如果在性质上比福楼拜的粗糙，那么在简练上比后者更严格。不是别人而正是莫泊桑创作出才智横溢的短篇小说，它们多半十分挖苦，多年备受欢迎，在追求严肃文学的读者和要求娱乐的广大群众之间的鸿沟上架起了桥梁。他的有些短篇小说，尤其是那些关于诺曼第农民生活的，不过是些奇闻轶事；他的幽默故事并不十分可笑，有时甚至谈不上诙谐有趣；但他是一位用反语来冷嘲热讽的故事大师，这些故事在形式上把人物的一生压缩到二十页左右，常常在情节上用一个转折就把一个男人或女人的全部幸福和希望化为泡影。但这大半是根据独出心裁和巧妙的讲故事的技巧所造成的表面现象。因为这类短篇小说，它们常常是对莫泊桑的模仿的产物，佯装告诉我们远比它们知道的更多的生活。不管它们貌似客观的自然主义态度，在这种创作方法流行时，它们非常容易

① 指当时由福楼拜、左拉、都德、龚古尔、屠格涅夫等组成的一批作家群体，他们经常在巴黎聚会。

蒙哄年轻和无知的读者，它们比起早期的传奇故事一点都不更接近于我们的普通生活。它们惊人地使生活过于简单化，使它丧失它的大部分变化发展的潜力，也不给它任何补救的能力，只抓住它的残酷无情的时刻，好像它们是斗牛士和一头垂死的牛之间生死存亡的搏斗。在冷静、精练和愤世嫉俗的莫泊桑式的短篇小说和通俗杂志粉红色的感伤小说之间有同样多的虚假的东西。在三桩事情和三十页之后，让人物永远陷入凄苦状况如同让他们活在永恒的幸福光辉中是同样的伎俩。至少从《羊脂球》和以后的若干篇作品来看，并不是莫泊桑不能写得比这更好；他的长篇小说中《漂亮朋友》和结构精巧的《彼尔和约翰》最为出色；虽则他的才能是无可否认的，然而在他的个性里有某种粗野不堪到冷酷无情的东西，如果它确实不引起我们的反感，也使我们不想去重谈他的作品。不管怎么说，在他于 1893 年英年早逝后，有好多年他的影响如果不深，却可以说是广泛的。

论罗曼·罗兰

继1904年米斯特拉尔①之后，没有其他法国作家再获得过诺贝尔奖金。要至1915年，诺贝尔奖才授予罗曼·罗兰。罗兰公开直言的和平主义曾迫使他离开法国避居瑞士，要说这对他的当选毫不起作用是难以令人置信的。不过作为文学奖赏，罗兰当之无愧，因为他不仅写了好些出色的文学传记和音乐评论，也是浩繁的十卷《约翰·克利斯朵夫》的作者，在1904至1912年间，整个欧洲都在非常广泛地阅读和讨论它。罗兰品德高尚，从青年时代起就致力于最高层次的文化活动与和平事业，对此他献出了他的无私的热忱、杰出的智慧和渊博的艺术修养。他认为可以通过尤其是在文化层次上，法德密切的了解使欧洲免于浩劫；《约翰·克利斯朵夫》是一位德国天才音乐家的传记史诗，小说的主人公在精神上代表贝多芬与歌德的历史悠久的德国，而不是为瓦格纳的长号和尼采的超人所陶醉的德国，他是一个用光辉的音乐给这两个民族的文化带来这一密切了解的人，让它们在莱茵河区的某个地方紧紧拥抱。开头的几卷，充满青春的朝气和希望，取得它应得的成就；但

① 弗雷德里克·米斯特拉尔（1830—1914），法国普罗旺斯诗人，致力于复兴普罗旺斯语，代表作为长诗《米蕾依》（1859）。

这部规模宏大的小说，作为一个整体，在当时并不成功，它的缺点也并没有随时代的前进而消失。思想内容的压力对罗兰这样一个并不粗豪的小说家是太大的重负；他缺乏创作精力与纯属个人的材料，这对小说却是不可少的，可以使他的叙事一贯地可信，有吸引力和生动活泼。他有许多了不起的优点（这在他晚年为他的朋友佩吉①写的传记中可以发现，远不止这里指出的一些），使他这样一个崇高的理想主义者对艺术精益求精的要求反应敏感，可是他又缺乏作为一个大小说家的另一种素质，它常常过于粗俗而跟这种高尚的理想主义不相称，但在效果上又是奇妙的，它把一位思想家变为一个具有丰富的创造性的艺术家，把思想转化为色彩，行动，性格与生活。这一点是值得指出来的，因为他的这种不足常常在智力很高的人身上表现出来，他们在一种支配观念的压力下转向戏剧和小说创作。那好像是十分丰富的创作力，在男性潜意识中的女性意识，却拒不接受逻辑思维的支配。文学创作的形式必须得到热爱而不仅是使用。

① 夏尔·佩吉（1873—1914），法国诗人和散文作家。

译后记

约翰·波因顿·普里斯特利（1894—1984）对中国的某些读者可能并不是一个陌生的名字，因为在现代英国文学的许多选本中他们常发现少不了他的作品，无论是小说，戏剧，散文，都有他的代表作入选，这说明他名气很大，多才而且多产，作品也受到读者欢迎。尽管如此，他究竟算不算英国文学史上的一个一流人物，这还有争论。普里斯特利具有多方面的文才，这是不容置疑的，我倾向于支持精神产品多与精是矛盾的这一看法，他在文学史上的地位还有待时间去决定。

熟知英国散文发展史的读者知道英国散文在十九世纪达到高峰，大师辈出，以兰姆为代表的随笔小品，和以罗斯金为代表的艺术评论与社会批评杂文都自成一家，前者的风格细腻幽默，后者则恣肆雄浑，普里斯特利的笔锋似乎想把这两家融合起来，不过兰姆的色彩更浓厚一些。

普里斯特利对社会问题一直是关心的，这贯穿了他的写作生涯，社会批评在他的文学创作中有十分重要的地位。他自称从来就是一个牢骚派：“因为我每每觉得一个作家，如果只要正当利用自己的特权，就应该为那些不能轻易为自己说话的人说话。”① 他的杂文有时单刀直入，开始就进

① 《呐喊与旁白》序。

入正题，如《女人不治理美国》，是有关女权主义的；有时则从身边琐事开始，写着写着就对资本主义文明进行冷嘲热讽，如《人满为患》，《住房问题》，涉及的是人口与住房问题，《大众化价格》，谈名不副实的餐饮业的质量。他的《英国游记》不重在自然景色的描写，而重在城市的风土民情与社会调查，也是这种倾向的流露。

普里斯特利纯粹谈风花雪月、鸟兽虫鱼的小品是很少的，吸引他的注意力的多半是衣食住行之类的生活俗务。这些事情上的一些道理往往容易为人忽略，经他一拈出来，读者就觉得确是如此。这类随笔不一定要谈什么高深的大道理，但必须给读者一种回味，给他们一点人生的启示，或一种生活情趣，缺乏这点就索然寡味，而普里斯特利的随笔和杂文的可读性就在于此。

他达到这个目的常用手段是幽默或调侃。幽默是英国散文一贯的特色和优势，普里斯特利充分掌握了这个手段，有些文章的题目本身就透露出此中消息，如《为乏味的客人辩护》、《为蹩脚的弹钢琴者一辩》。普里斯特利即使在批评现实的消极面时也很少剑拔弩张，他每每以妙趣横生的奇谈怪论使读者发出会心的微笑，例如在《论无所事事》一文中，他为“无所事事”辩护，指出大国的政治家少疲于奔命一些，优游自在，世界和平就更有保障，世界大战就打不起来；在《乡间》一文中他认为人要想不害思想病，最好往乡间一待，那里没有人在房子里冥思苦想，因为都去户外享受新鲜空气去了，所以牛津剑桥这类学府绝不能建在风景优美的地区。这看起来都是荒唐的逻辑，但其深层的嘲讽是意味深长的。产生这种幽默或调侃的方法就是从不同的视角去观察事物，在《刚过完圣诞节》一文中作者甚至把视角移到了一只狗身上，他在这里从狗眼中把一些无聊文人淋漓尽致地奚落了一番。这种风格一直保持到他中年以后写的《趣事》（1949）和晚年写的《呐喊与旁白》（1972）中。这两个集子包括的都是短小的杂感，语言比早期的文字更为精练简洁，表现作者经历了人生半个世纪的旅程后的睿智的思考，灵光一闪留下的是永不磨灭的光痕。

就我个人感觉，普里斯特利杂文的另一个特色是渗透在这些文章中的高层次文化意识，他就是从这个高度来观察人世百态的，因而也就能以犀利的眼光看出使人眼花缭乱的花花世界下面被掩盖的庸俗，虚伪，势利和空虚。这一点也表现在题材与情趣上，我指的是除了日常的衣食住行的问题外，作者的兴趣也包括许多艺术的领域，这些都是只有一个内行才能涉笔的，谈小说，谈音乐，谈戏剧，这只有本人是小说家，音乐家，戏剧家才能有这样的体验，感触。弹钢琴的乐趣当然只有会弹琴的人才能体会，写小说的甘苦也只有小说家知道得最深，这可不是随便什么人能写的。这里以《雨中的丁香》这篇游记为例，他在游历海德堡时，着笔不在这个古城有山有水的自然风景，也不在这里的名胜古迹，以至历史悠久的海德堡大学本身，而是整个城市的优美高雅的文化气氛，脱尽了一切资本主义社会的俗气，一个与作者有同感的人，很容易被这种轻描淡写的气氛点染所陶醉而为之神往。

就普里斯特利整个创作的散文部分而言，他的题材宽广，文笔幽默隽永，富有个性，但就思想深度看，若和十九世纪的散文大师如卡莱尔、罗斯金、阿诺德比较，他又缺乏系统的哲学修养，不能达到他们的那种博大精深，还称不上是一个思想家，他的多产也使他写得匆忙，有的篇章难免草率粗糙，他堪称一位优秀的散文作家，但还达不到大师的地位。

文论在英国传统上是属于散文创作范畴的，在普里斯特利的作品中，文论占有一定的分量。不像他的随笔，普里斯特利的文论写得不够精练，但我们仍然应该知道一点他作为文评家在这方面的成就。我选择了论霍斯曼的一篇，不仅因为它在普里斯特利的文论中具有代表性，也因为作为英国现代有影响的诗人，霍斯曼的诗歌在我国早已有译本①，但却没有有分量的研究论文，这是非常令人遗憾的，也反映我们在外国文学研究上的一种毛病，都去搞时髦的东西，挖了一些黄铜反而丢掉了真正的金子，所以这篇文章尽管我译得吃力还是译了出来。这篇文章的主要意思是作者不同意给霍斯曼诗作的复杂内涵贴上一个简单的标签，说它们包含有一种什么系统的哲学观，他认为只存在一种一贯的情绪，一种对人生的悲观看法，其原因是觉得人生苦短，而对待它应该有一种早期罗马人的坚忍精神。作者把霍斯曼的风格归纳为民谣、戏剧化和警句体的糅合，这是非常精辟的。

另外有几篇较短的则选自《文学和西方人》，这是一部论西方文化和文学的专著，包含作者许多独到的见解，反映他的渊博的学识。

这里，对不太熟悉普里斯特利的读者还需要把他的生平做一个简略的介绍。约·波·普里斯特利生于英国约克郡的勃雷福特，毕业于剑桥大学的三一学院。他在二十年

① 就我所知有袁水拍，杨宪益，周煦良等多种译本。

代初登上文坛，开始写散文，随后以小说《好伙伴》(1929) 一举成名，接着问世的几部小说都不及《好伙伴》畅销。三十年代初他转向戏剧，他的剧作中以《菩提树》(1947) 最受称誉。他涉猎除诗以外的各种文学体裁的创作，据不完全统计达七十部之多，由于他的多产，作品的水平颇不平衡，评论界对他的评价也不一致，然而在各种现代文学史著作中，他还是占有一席地位①，这说明他的影响是不可忽视的。

文学翻译与文学创作当然不同，如果以音乐来比拟，创作是作曲家演奏自己的作品，翻译则是音乐家演奏本人以外的大师们的作品，要能再现原作的音色、意境、美感等等。翻译既是表现与阐释，也是再创作，因为在再现原作时不可能是照本宣科，必然渗透译者的理解与个性，如果作者与译者的气质相近，原作的风格、倾向又与译者的爱好、兴趣吻合，(加上学力) 那么译文就比较得心应手。普里斯特利的作品以娴熟地运用地道的惯用语著称，英国人听来亲切好懂，并且韵味无穷，但对中国读者，尤其是译者来说未免大伤脑筋，绝不能说我已把他的神韵充分再现出来，做到了几分，只有由读者做出评价了。

译　者

1993 年 9 月

于南开园

---

① 我国出版的两种通用的英国文学史教科书，陈嘉先生的四卷本《英国文学史》，与刘炳善先生的《英国文学简史》（一卷本）都曾对普里斯特利有专门评介。